中島敦論

―習作から「過去帳」まで―

藤村　猛

溪水社

『中島敦論——習作から「過去帳」まで——』

目次

中島敦論 ――習作から「過去帳」まで――

序――中島敦文学について

中島敦（明治四十二年～昭和十七年）の「山月記」・「文字禍」が商業雑誌（『文学界』）に掲載されたのは、昭和十七年二月のことであった。中島は同年三月に南洋庁のあるパラオ諸島から帰国し、同年末の十二月四日に喘息の悪化による心臓麻痺で死ぬのだから、職業作家としての活動は一年にも満たない。この一年間と、南洋行（昭和十六年六月～昭和十七年三月）前の横浜高等女学校教員時代（昭和八年四月～昭和十六年三月）の数年間（昭和十四・五・六年）を含めれば、彼の代表作――「光と風と夢」・「山月記」・「わが西遊記」・「弟子」・「名人伝」・「李陵」など――が集中していることが分かる。

だが、中島の創作活動は第一高等学校時代（大正十五年～昭和五年）まで遡ることができ、一高の「校友会雑誌」掲載の習作六作品や、大学卒業・就職（昭和八年三・四月）から昭和十三年までの作品群も注目に値する。確かに、それらは代表作と比べると、文学的完成度は低く、「過去帳」・「虎狩」・「斗南先生」を除いて、中島の生前の作品集――第一作品集『光と風と夢』（昭和十七年七月刊）や第二作品集『南島譚』（昭和十七年十一月刊）――に収録されなかったし、彼の死後に出た文庫本にもあまり掲載されない。

それらの作品を含めて、中島文学の特色をまずは考察する。

中島文学（小説）の分類

中島には短歌や漢詩などの韻文系の作品もあるが、やはり小説が中心であり、作品の舞台や作品中の「時」によって、分類が可能である。

作品の舞台に注目して、中島が住んでいた東京・横浜を一つの視点として、「北」と「南」に、作中の時代として、中島の生きた時代（現在）と過去とに分けることが可能である。大まかに図に表すと、次のようになる。（縦軸が北―南であり、横軸が過去―現在であり、作品の大体の位置を示す。）

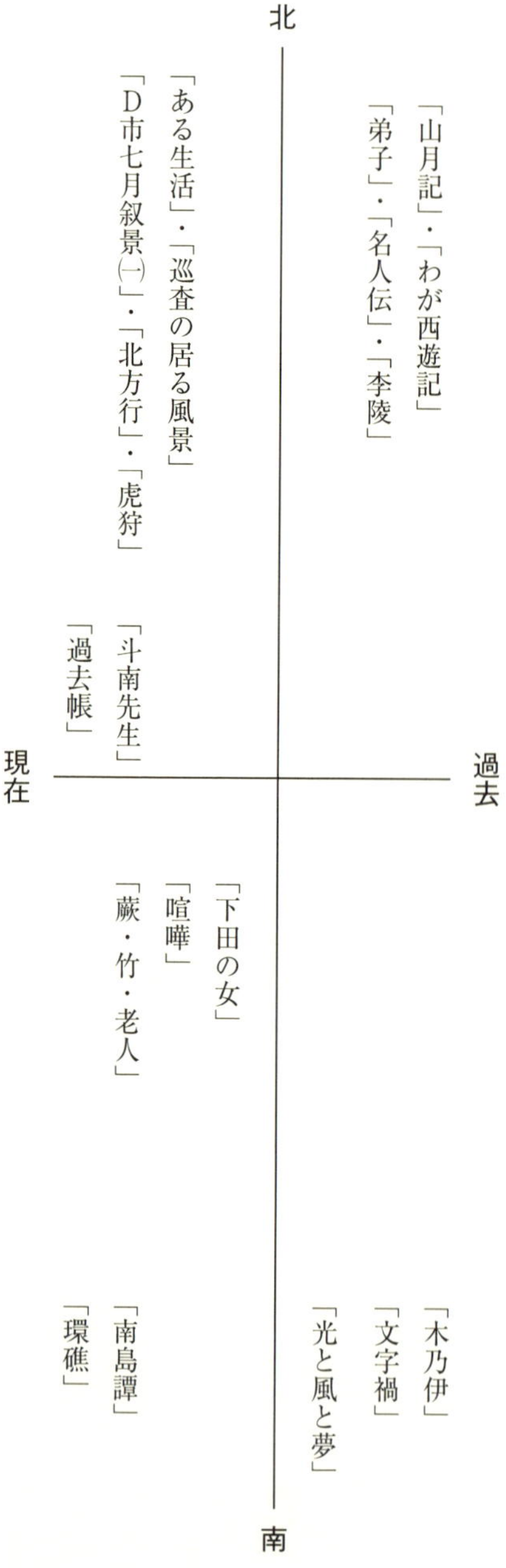

「北」に注目すれば、中島の小説に馴染み深い古代中国（過去）や、彼が少年期を過ごした朝鮮・満州（現在）を舞台にした作品がある。そして、前者の中国古典に材を取った作品（過去）は、昭和十四年以後の作品が中心であり、古典を原典とした点において、それまでの作品（作者の身辺を素材としたもの）とは性格を異にする。後者は、中島の小・中学生時代の体験や見聞を基としており、習作や昭和十年前後の作品が多い。昭和十三年以前の「北」を舞台とする作品は、少年・青年時代の体験や見聞に基づいたものが多く、「北」の持つ風土や歴史的厳しさが、習作の「巡査の居る風景」や「D市七月叙景㈠」、そして昭和十年前後の「北方行」を経て、晩年の「弟子」・「李陵」へ影響していったとも考えられる。

「南」に注目すれば、「光と風と夢」や「木乃伊」・「文字禍」を除くと、現在のものが多い。中島が高校生時代に旅した伊豆もの（習作の「下田の女」や「蕨・竹・老人」）や、「南洋行」に関係した作品などである。そこには中島の「南」への憧れとともに、病気（喘息）の影響も考えられる。[1]「南」は高校生時代に訪れた伊豆や千葉が舞台となり、教員時代（昭和十五年頃）には憧れの南洋が「光と風と夢」で描かれ、南洋行後は南洋での体験や見聞が描かれていて、憧れは残るものの戦争の影が作品の背景にある。

次に、「時」に関して言えば、過去に属する作品は、古代中国を舞台にしていて、昭和十六・七年の作品が多い。その理由として、中島が漢文学を読みこなす力があったことや、戦時下体制において「現在」を描くのには種々の制約があること、また中島が、「歴史」の中の男たちを描こうとしたためと考えられる。[2]対して、現在を描いた作品は、「南島譚」や紀行文的作品（「環礁」など）を除くと、昭和十三年以前に彼が実見した朝鮮や中国ものと伊豆や横浜ものである。

まとめて言えば、過去に属する作品は虚構性が勝り、現在のものは作者・中島との関連が強い。視点を換えて言えば、昭和十三年以前の作品は作者の体験や身辺を描き、昭和十四年以後は作者を離れ、原典を持った作品が多い。

環境と時代

中島は日本文学や漢文学以外に、西欧の文学や思想に親しんでいるが、彼の精神形成には家庭環境や病気および時代が影響している。特に、彼の「享楽性」と「懐疑」（「狼疾」）は特徴的である。

家庭環境について言えば、中島が二歳の時に実母と別れたことや、その後二人の継母に育てられたことは重要である。いわば母の不在である。中島と継母との仲は悪かったらしく、幸せな母子関係ではなかったらしい。しかも、父親の仕事（教員）の関係で小学生のときから、奈良・浜松と転居し、十一歳の時に朝鮮に行き、一高入学時（十七歳）まで京城で暮らしている。(3) この体験が彼に、日本では得られない視野を与えていると同時に、「放浪者魂」（「斗南先生」一章）を彼に植え付け、一種の故郷喪失者にもしている。(4) 拠り所のなさが、彼に「懐疑」の念を増殖させたとも想像され、母と故郷の喪失による孤独感と懐疑の念が、充足されない人間関係と病気によって強まったと考えられる。

次に注目すべきは病気である。元々中島は頑健な体質ではなく、高校生の時に湿性肋膜炎で一年間休学し、宿痾の喘息もこの頃から始まる。そして、病気は健康への憧れともなり、「享楽」へ結びつきやすい。彼の享楽性は、病気によって強まったとも考えられる。

その後、昭和十四年頃から喘息が悪化し、行動の不自由さや欠勤・薬代による経済的困窮をもたらす。その結果、教員生活を続け難くなり、中島は転職を考え始める。昭和十六年三月には横浜高女を休職（結果としては退職）して、同年六月に友人・釘本久春氏の紹介で、南洋庁編修書記として南洋のパラオに行く。(5) が、パラオの気候（高温・湿潤）と身体が合わず、喘息や風土病に苦しみ、翌年の昭和十七年三月に帰国する。その後南洋庁を退職し、創作に専念するが、同年十二月四日、喘息の悪化によって死亡する。（享年満三十三歳）このように、彼は病気に苦しめられているが、その合間に趣味や芸術を楽しみ、恋愛もする。そこには彼の「享楽」への思いがあろう。

次に、彼が生きた時代についてまとめる。時代も彼にとっては重いものである。

彼の小学生・中学生時代（大正五年～大正十五年）は、比較的平和で豊かであったのに対して、高校生・大学生時代（大正十五年～昭和八年）は不況や軍国主義の影響で、暗い時代（昭和六年には満州事変、昭和七年には五・一五事件）に突入していく。その後、昭和十一年に二・二六事件、昭和十二年に日中戦争が始まり、昭和十四年に第二次世界大戦が勃発し、昭和十六年に太平洋戦争が始まる。

まさに昭和の激動期と中島の創作時期が重なり、時代が彼に与えた影響は大きなものであり、作品にも時代の影響が見られる。

しかし、中島は当時の文学青年のように同人誌に参加せず、大学の先輩・深田久弥以外には文壇関係者と接触せず、孤立して創作に励んでいた。これを、中島と同年齢で同じ東大生だった太宰治と比べると[6]、中島の特徴が分かりやすい。

太宰は薬害や心中、そして共産党運動による事件を起こしながらも、昭和初年代から井伏鱒二に師事し、紆余曲折はあるにしても、昭和十年前後には作家として文壇に登録されていた。

そんな太宰と比べると、中島は文壇に近づかず、安定した人生を歩んでいる。大学生時代に恋愛・結婚し、横浜高等女学校に就職して、病気や恋愛の影はあるものの、一教師として日々を過ごしている。（ここには、中島家の人々の多くが、教師や公務員などの手堅い職についていることも影響していよう。）

が、「作家」として見ると、大学生時代は創作せずに、教員時代は商業雑誌に応募するものの落選したためか、文壇関係者と関係を持つことや作品発表に熱意を持っていない。ここには、彼の自尊心の高さや病気（短命）への思い、また、波乱の多い生活を避け平穏な日々を求める思いが影響していよう。

だが、それらも戦争の悪化や病気への不安から、昭和十六年以降は作家への強い思いとなり、創作への強い推進力となる。

中島の「狼疾」

南洋行前の彼の生活は、一見平穏だが、内面的には満ち足りている訳ではない。例えば、「過去帳」(昭和十二年頃執筆)や「わが西遊記」(7)(昭和十五年頃執筆)に描かれた「狼疾」は、軽いものではない。「狼疾記」では「存在への不安」や事物の解体感、そして現実との乖離感などが主人公を苦しめており、自分があるべき位置(作家)にいないと苦しんでいる。「回顧的になるのは身体が衰弱してゐるからだらうと人はいふ。自分もさうは思ふ。しかし何といつても、現在身を打込める仕事を(或ひは、生活を)有つてゐないことが一番大きな原因に違ひない。」(「かめれおん日記」二章)のように、主人公たちは生き甲斐や居場所を得ていない。

同様に、「悟浄出世」では、心の病に苦しむ主人公の姿が描かれる。悟浄は心の苦しみに耐えられず、つらい遍歴の旅に出る。そして遍歴の末に、観音菩薩から次のように言われる。


惟ふに、爾は観想によつて救はるべくもないが故に、之より後は、一切の思念を捨て、たゞ〳〵身を働かすことによつて自らを救はうと心掛けるがよい。(中略)悟浄よ。先づふさはしき場所に身を置き、ふさはしき働きに身を打込め。身の程知らぬ「何故」は、向後一切捨てることぢや。

(「悟浄出世」六章)

これは、前出の「かめれおん日記」（二章）からの引用と同種のものである。

従来から「狼疾」は、中島の文学の一特徴と見なされてきた。確かに「過去帳」には、子供時代からの「狼疾」の兆候——他者への不安や滅亡への恐怖——が描かれ、「北方行」（昭和八年〜昭和十年頃執筆）にも、似たような「狼疾」の表現がある。

が、彼の友人たちの回想には、繊細だが快活な（少年・青年時代の）中島像が紹介され、神経質な中島像はあまりない。実際の出来事として、狼疾による生活の混乱や入院などはない。（太宰には、精神病院入院や心中未遂事件などがある。）

仮に「狼疾」が子供時代からのものであれば、高校生時代の習作[8]や昭和八年頃の作品（「虎狩」や「斗南先生」）に、何故描かれなかったのかという疑問も生じる。（「虎狩」には、主人公を苦しめるような肥大した懐疑はなく、「斗南先生」にその片鱗[9]はあるが、あっさりと描かれている。）

そして、喘息で苦しみ始める昭和十四年以降に、生活苦や戦争による圧迫感やストレスが増え、「狼疾」を描いても不思議ではないのに、「わが西遊記」を除いて、後年の作品には「狼疾」はあまり描かれない[10]。

以上のことを、どう考えればいいのか。「過去帳」前後の作品の「狼疾」は、作品の文学的効果のために書かれたのではとも考えられる。何故かと言うと、昭和十年前後には、文壇では「不安の文学[11]」が流行していた。そういう文壇の時勢と合わせるために、中島が「狼疾」を書いたとしても、不思議ではない[12]。彼は作家志望であり、文壇の流行には鈍感ではなかった[13]と考えられるからである。

「狼疾」への疑問を解明するためにも、そして彼の文学の多様性を考えるためにも、彼の文学がどのように出発し、いかに展開していったのかを考える必要がある。

従来から、「光と風と夢」や「山月記」以降の作品研究は盛んである。が、それ以前の作品へはそうではない。中島文学を考える場合、習作や昭和十年前後の作品を軽視していいものではなく、それらは彼の文学の土壌を為すものであり、代表作を考える場合にも重要なものである。

習作の六作品から、「光と風と夢」以前の「過去帳」までの、即ち昭和十三年頃までの作品(14)を考察する。

注

（1）例えば、中島が横浜高等女学校に就職後、東京ではなく横浜に住んだのも、勤務地に近いという利点とともに、横浜（暖地）が喘息にいいという思いがあったろう。

昭和十七年にパラオから帰国した中島は、父親の家（東京・世田谷）に同居する。が、暖かい横浜への転居を考え、横浜在住の知人や教え子たちに、空き屋を探してもらっている。次の文章は、ある教え子への書簡の一節である。

「僕、三月末上京、暑い所から急に寒い所へ飛込んだものだから、忽ち身体をこはして了ひ、漸く昨今、外へ出られるやうになつたばかり。今ゐる（父の家）はどうも喘息に悪いので、引越さうと思つてるんです、」

（本多章宛　昭和十七年六月二十二日）

また、南洋に行く前の中島の書簡に、次のような文章がある。

今度ね、南洋（パラオ）へ行くことになつた、喘息にも、いゝだらうと思ふし、

（氷上英廣宛　昭和十六年六月四日）

喘息から逃れる為に南洋（パラオ）へ行くことになりました、

（吉村睦勝宛　昭和十六年六月二十二日）

パラオが喘息にいいとの思いが、中島にはあったことが分かる。

（2）それは、「弟子」「吃公子」「李陵」の三部作構想（「断片二十九」）からも分かる。詳細については、拙論を参照していただければ幸いである。

（3）中島と同様、戦前に京城に住んでいた日野啓三に、京城と中島について、次のような文章がある。

「中島敦論ノート（六）」（『中島敦研究』溪水社　平成十年十二月）

ここでとても重要なことは、あそこで日本の中からバラバラに来た人たちが集まって、そしていい場所を占領して、一種人工的な現代都市、あるいは中産階級、核家族、そういうふうな今の日本がやっているようなことを、実は植民地のあっちではあったのです。（中略）

ですから、そういう昔の伝統的というか、しきたりとかと切り離された今の東京のような人工的な近代生活、非常に近代的生活（核家族的な、あるいは人間関係も義理人情というようなものではなしに、もっと契約的な開かれた人間関係があるという）は、彼と世界の二十世紀の思想と通底できた原因の一つではないかと思うのです。

日野啓三「中島敦・文学という恩寵」（『中島敦』河出書房新社　平成二十一年一月）

日本とは違う京城の環境が、よくも悪くも中島に、日本では得られない視野や人間関係を与えたと考えられる。

（4）この点に関して、中島は「お国自慢」（『學苑』昭和十二年七月）の中で、次のように書いている。

生れは東京。その後処々を放浪。従つて、故郷といふ言葉のもつ（と人々のいふ）感じは一向わかりません。猛烈な愛郷心、郷土的団結力・生活や言葉の上の強烈な郷土的色彩等々をもつた方にお逢ひする度に、羨望と驚嘆との交じつた妙な感じに打たれます。

中島には、「猛烈な愛郷心、郷土的団結力」などに対して違和感があり、「故郷」への強い愛着はなかったようである。

（5）南洋行は健康のためだけでなく、経済的理由もあった。横浜高等女学校の月給は九十円（昭和十一年）であったが、南洋では月給二百四十円程度を貰い、留守宅に百五十円を送っていた。（妻宛書簡　昭和十六年十一月五日）参照。インフレもあろうが、中島は南洋庁就職で経済的には楽になっている。

だが、精神的にも肉体的にも南洋は「島流し」であり、何よりもパラオは喘息には良くなかった。

おれの喘息は、南洋に来たつて、起るんだから、これは勿論、内地へ帰つた方が良いにきまつてゐる。（中略）文化人は、肉体的にも、精神的にも、南洋に住めないらしいな。全く頭が狂ひさうになるよ。（妻宛・昭和十六年十二月二日）

南洋は肉体的にも精神的にも、彼を苦しめている。

（6）太宰と中島の類縁性──「性情の類似」──について、鶴谷憲三氏が両者の近さを論じている。ここでは、中島と太宰の社会的立場の違いに注目したい。

鶴谷憲三「太宰治と中島敦との〈饗宴〉──昭和十年代作家の一側面──」（「国語と国文学」平成八年八月）

（7）注意しなければならないのは、「過去帳」は昭和十二年頃の執筆であるのに、対して、「わが西遊記」は昭和十五・六年頃の執筆という時間差があり、悟浄は狼疾から脱するために、次の段階（遍歴）に移行していることである。

（8）習作ではないが、昭和二年頃に書かれた「断片一　病気になつたときのこと」には、「数学的な恐ろしさ」や「恐ろしい夢」が描かれている。が、病気による空想・妄想の感じがあり、日常生活の中でも跳梁する「狼疾」とはいささか異なる。

（9）「斗南先生」六章に「神経質な三造」という記述があるが、直後の一文に「軽薄児」と自分を語っている。また、斗南の詩の「不免蛇身」への「気味の悪い不快さ」（二章）という表現もある。

（10）「山月記」の李徴の「臆病な自尊心・尊大な羞恥心」や、「光と風と夢」のスティブンソンの苦悩に似たような表現があるが、「わが西遊記」は「狼疾」的苦悩からの脱出（遍歴）が描かれている。「山月記」は「狼疾」を超えた虎への変身による悲劇であり、作品の重点は李徴の虎への変身とそれ以後の告白にある。李徴は虎への変身という不条理によって、「狼疾」のレベル──それは「臆病な自尊心」が近い──を超えている。

また、南洋行後の「真昼」（「環礁」）に、北と南の対比や南洋への期待とともに、「静かな忘却と無為と休息」という描写があるが、それは「狼疾」の如き身を苛むものではない。実際の中島は、教科書編纂という仕事で南洋にいた。

（11）昭和十年前後に、いわゆる「不安の文学」の流行があった。（詳しくは、「過去帳」の章を参照されたい。）

（12）問題は、作者と作品との間にいささかのズレが考えられることである。「狼疾」は中島の書きたいものであろうが、「全身的欲求」（「虎狩」）からのものとは思えない。（詳しくは、「虎狩」「過去帳」などの章を参照されたい。）

作者と書かれたものの距離に関して、似たようなものとして、「山月記」の李徴の状態（詩作に苦しむ姿）と作る詩（「格調高雅、意趣卓逸」）との乖離が考えられる。

また、後年の代表作——「弟子」や「李陵」——には、「狼疾」は見当たらない。そこには「狼疾」を越えるものが描かれている。つまり、作品にあるのは、主人公たちの「志」であり、不遇や不条理による悲劇性である。対して「過去帳」には苦悩はあるものの、主人公たちの志や悲劇性は薄い。
（13）その例として、高校生時代の習作—「下田の女」・「巡査の居る風景」・「D市七月叙景㈠」—がある。当時の新感覚派やプロレタリア文学の影響が、これらの作品には見られる。中島は文壇の状況を、作品執筆の際に考慮している。
（14）「無題」・「断片十七」は、「過去帳」よりも後の執筆の可能性があるが、「過去帳」と同様、中島の勤務先の出来事を題材としている。また、両作品ともに未完であり、未発表という共通点を持つ。

一　習作

一

中島敦が第一高等学校在学中（大正十五年四月〜昭和五年三月、ただし昭和二年四月〜昭和三年三月まで、湿性肋膜炎で一年間休学）に、「校友会雑誌」に発表したのは次の六作品である。[1]「下田の女」（「校友会雑誌」三一三号　昭和二年十一月　以下、雑誌名・年号を省略し、号数・年月のみ示す）・「ある生活」（三一九　昭和三年十一月）・「喧嘩」（同上）・「蕨・竹・老人」（三二二　昭和四年六月）・「巡査の居る風景――一九二三年の一つのスケッチ――」（同上）・「Ｄ市七月叙景㈠」（三二五　昭和五年一月）

六作品の執筆・発表には約三年間の時間の幅があり、各作品の雰囲気も、新感覚風の恋愛小説（「下田の女」）からプロレタリア文学風の小説（「巡査の居る風景」・「Ｄ市七月叙景㈠」）までと幅がある。小説家志望の中島にとって、文壇の動向――新感覚派やプロレタリア文学などの隆盛――に影響された執筆は、不自然ではなく作家修行の一環であったろう。

また、習作の作風の変遷とともに、作品の舞台や主人公（または語り手）にも注目される。各習作の作品舞台について言えば、中島の旅行先（伊豆やハルピン・大連）や出身地（朝鮮・京城）などであり、中島の現住所の東京が主舞台の作品はない。

作品舞台と主人公を関連させて言えば、「下田の女」と「蕨・竹・老人」の舞台となった伊豆は、明るく美しい温暖な地であり、主人公（語り手）は旅行者である。「ある生活」のハルピンは異国であり、主人公（マサキ）は旅行者である。（この旅行者という点は注目される。）その後の作品では土地の人々が主人公となり、中島が住んでいた（よく行っていた）ためか、作中での生活や自然描写のリアリティは増していく。

「喧嘩」は千葉県阿房郡鋸南町あたり――以前、中島が転地療養をしていた――を舞台にして、庶民であるおかね一家の軋轢を描いている。「巡査の居る風景」と「D市七月叙景(一)」も、朝鮮や中国を舞台にしていて、異国の人々の状況や葛藤が描かれている。場所（京城・大連）の描写もリアルであり、そして、描写は荒々しいものから叙情的なものまでと幅がある。例えば、「巡査の居る風景」には荒々しい自然描写があり、「D市七月叙景(一)」には新感覚風の美しい自然描写がある。

いずれも、中島は東京以外の地を舞台としていて、東京を舞台にした作品を描いていない。中島は旅行先（伊豆など）と比べて、東京に魅力を感じなかったからではないか。東京は失恋して逃げ出す地（「下田の女」）であり、「陰鬱な煤煙と塵埃との空の下に拡つた、ごみごみした汚い家並」の憂鬱な地（「蕨・竹・老人」）と描写される。（後年の昭和八・九年頃執筆の「斗南先生」や「虎狩」最終部でも、東京は魅力ある地、また「故郷」として描かれていない。[2]）

次に、主人公（語り手）について言えば、「下田の女」と「蕨・竹・老人」の場合、語り手の「私」は旅行者であり、中島の面影を持つのに対して、「ある生活」・「喧嘩」・「巡査の居る風景」・「D市七月叙景(一)」の主人公は、日本人の若者（マサキ）・中年女（おかね）・朝鮮人の巡査（趙）・M社総裁や苦力たちと様々である。

前二作の「私」は学生のようだし、肺病に苦しむマサキ（「ある生活」）は、病気で中島と通じる。それ以外の習作では、中島や彼らしき人物（分身）が登場することはない。[3] つまり、習作は「下田の女」と「蕨・竹・老人」を別とすると、中島と違う第三者を主人公にしていて、「過去帳」のように、作者の分身の如き人物は登場しないし、「狼疾」に苦しむ人物もいない。

なぜ中島は、自分自身を作中に登場させないのか。その理由として、中島と作品との距離が考えられる。作品から考えると、中島は対象に近づいても、のめり込んでいない。大まかに言うと、良くも悪くも、それが作者としての立ち位置であろう。

「下田の女」では、下田の女は勝ち気で溌剌としているが、語り手が恋愛に消極的であるため、女との関係は深まらない。「蕨・竹・老人」の語り手も、甚さんの不倫に対して距離を取るため両者の関係は薄く、結局、甚さんと「私」は深く描かれない。

同様に、「ある生活」の主人公も恋人がいてもいつの間にか別れ、彼は末期の結核で周囲から孤立していく。ただ語り手は孤独や病気という面で、マサキに寄り添う感がある。

「喧嘩」の主人公・おかねの息子は病気であり、そのために起こる漁師一家の不和が描かれる。語り手はおかねに近く、他の家族と距離を取っているが、寄り添うという感じはない。

「巡査の居る風景」や「D市七月叙景㈠」にいたっては、植民地の不合理や歪み、また差別される者・差別する者たちが描かれ、語り手は「巡査の居る風景」では登場人物たちに寄り添い、「D市七月叙景㈠」では作品の背後にいる感がある。ここには、プロレタリア文学の勃興という文壇的状況とともに、「私」を語りたくないという中島の好みや美意識などが考えられる。

二

中島は後年、私小説への思いをスティブンソン（「光と風と夢」）に仮託して、次のように語る。

真の芸術は（仮令、ルソーのそれの如きものではなくとも、何等かの形で）自己告白でなければならぬといふ議論を、雑誌で読んだ。色々な事を言ふ人があるものだ。自分の恋人ののろけ話と、自分の子供の自慢話と、（もう一つ、昨夜見た夢の話と）――当人には面白からうが、他人にとつて之くらゐ詰まらぬ莫迦げたものがあるだらうか？

（中略）

併し、俺には書けぬ。俺には残念ながら当時の生活や行為が肯定できないから。肯定できないのは、お前の倫理観が、凡そ芸術家らしくもなく薄つぺらだからだ、といふ見方もあるのは承知してゐる。人間の複雑性を底まで見極めようとする其の見方も、一応は解らぬことはない。（少くとも他人の場合、なら。）だが、結局、全身的には解らぬ。（俺は、単純闊達を愛する。ハムレットよりドン・キホーテを。ドン・キホーテよりダルタニアンを。）薄つぺらでも何でも、俺の倫理観は（俺の場合、倫理観は審美感と同じだ。）それを肯定できぬ。では、当時何故そんな事をした？　分らぬ。全く分らぬ。

（十九章）

すべてが中島の本音ではなかろうが、彼の倫理観と審美感が近いとの友人の証言[4]もある。この倫理的審美感（正義感にも近い）は、既に中学生時代に中島にあったと推測される[5]。

習作で言えば、彼の正義（倫理）感は、「蕨・竹・老人」の中で老人の不倫への嫌悪感に表れていようし、「巡査の居る風景」や「D市七月叙景㈠」執筆の一因は、植民地政策やその惨状に対する彼の正義感によろう。

しかし、彼が共産主義に近づかないのは官吏である親族への配慮とともに、彼の「審美感」故ではないか。審美的傾向の中島と共産主義では、肌合いが違う。

また、中島の自己分析の強さは自らの「乏しさ」を実感させ、自分にはない「豊かさ」を他に求めさせる（「斗南先生」）。そして、倫理感（正義感）よりも審美感が勝った時（例えば大学生時代）、彼は「豊かさ」を求め享楽的生活を送り、創作からは離れるが、小説は読み続ける。（小説家になりたいという彼の思いは強い。）

彼の大学での卒業論文は、耽美派の研究である。それは彼に耽美的傾向があるためであり、その影響は小さくない。例えば、「北方行」で主人公の享楽的生活が描かれ、「プウルの傍で」にも耽美的な雰囲気がある。また、後年の「わが西遊記」で八戒に享楽的生活の愉しさを語らせている。享楽家たる八戒と中島には近いものがある。が、南洋行後の「弟子」以降では、一部の作品を除いて、耽美的描写はない。戦時下という時代による制約や病気に苦しむ彼自身の状況にもよるが、「弟子」や「李陵」などの主人公たちの状況は、死と対峙する厳しいものであり、そこに享楽性が入り込む余地は少ない。

三

高校生時代の中島の小説観が分かるものは少ない(6)が、一高の「文芸部部史」（『向陵誌』昭和五年九月刊）と、「校友会雑誌」の編集後記（三二二　昭和四年六月）に、当時の彼の小説観がうかがわれる。

前者の「文芸部部史」では、大正十四年度から昭和四年度の「校友会雑誌」の小説や戯曲への中島の評が書かれている。彼が褒めた作品は少ないが、大正十五年度の高見順（高間芳雄）の作品について、次のように評価している。

小説の方面に於ては、高間芳雄氏が断然光つて居る。彼のものとしては、「華やかな劇場」（三〇七）、（中略）「秋の挿話」（三〇九）「生きて居るメルヘン」（三一〇）等が載つてゐるが、その感覚の新鮮と、語彙の豊富とは共に注目に値するものである。（中略）此の二つが、彼の作の中では、最も纏つて居るものと思はれる。「生きて居るメルヘン」に至つては、やや冗長の感がないではない。

高見順の「華やかな劇場」は新感覚風の表現が多く、「感覚の新鮮と、語彙の豊富」さは感じられるが、「断然光つて居る」程ではない。「秋の挿話」は詩人と肺病の恋人の話であり、「下田の女」や「ある生活」にはない具体的な男女の愛情が描かれている。「生きているメルヘン」は、主人公の青年の神経質な内面描写に読み所があるが、中島の書くように「冗長の感」がある。

以上、中島は高見の作品を出来以上に褒めているが、それらが当時の中島の一つの目標・水準であったことは想像できる。事実、「下田の女」・「ある生活」・「蕨・竹・老人」はその影響を受けていて、作品で「感覚の新鮮と、語彙の豊富」さを狙っている。

その他、作品名や作者名はあげないが、中島の褒めたものを引用する（該当部分のみ）。まずは大正十四年度からである。

「その手慣れた筆致は『高等学校程度』なる前置を必要としない、まとまつた一つの好短編」・「青年の悩みが、ひどくすなおに書かれて居る」・「ロシアの情景をしんみり画いた一幕」

次に、昭和三年度のものから。

「何れも繊細な技巧を駆使した清新なる短編」・「フィリップにも似た暖かいユーモラスな筆触をもつた好短

編」「感覚の新鮮」・「語彙の豊富」・「繊細な技巧」・「ユーモラスな筆触」

以上のものが長所とされ、創作の目標を示していよう。が、褒めたものの中には、内面の苦悩の描写を重視したものはない[7]。

逆に、辛口のものを引用する。昭和三年度のものからである。

「その技巧がかえつて煩はしく感じられないでもない」・「あまりに大作すぎて、かえつてまとまりのない憾みがある」

技巧がありすぎるのも、まとまりのないものも良くないと言う。中島のバランス感覚がうかがわれる指摘である。

続いて「校友会雑誌」(三二二　昭和四年六月)の編集後記から、投稿作品への中島の辛口の批評を引用する。

「非常に厭なところも多い」・「全体の調子が少し滑りすぎては居ないか」・「かうした題材はもはや小説の対象とするのが難しいのではないかと思います。(こんな恋愛はあまりに多くの人に書かれすぎてゐるため。)」・「少し自分に甘えすぎては居ませんか」・「概念を捨ててからかかつてください」

引用文冒頭の「非常に厭なところも多い」というのは、同号掲載の吉田昴氏の「都会放浪者」評である。この作品の梗概を簡単に言うと、都会に暮らす若い男女――高等遊民のような「私」と肺病のカフェの女給「ミッチ」――が、都会を離れ田舎に遊びに行くが、田舎の生活に堪えられず、結局都会に帰る。行き詰まった彼女は「心中」

しようとするが、「私」の説得で翻意し、二人で田舎の牧場に働きに行く、というものである。

新感覚派風の恋愛小説や佐藤春夫の「田園の憂鬱」（大正八年）を連想させるが、都会の歓楽が割と描かれているのに対して、導入部の新感覚派風の描写は煩わしいし、二人の思い出から恋愛に至る心情や「心中」への傾斜の描写などは物足りない。また、死ぬことを止める「私」のセリフは、恋人へのセリフと言うよりも演説口調であり、恋人のミッチも生き生きと描写されているとは言い難い。いずれにしても、学生・カフェの女給・肺病という取り合わせには新鮮さはない。が、牧場での新生活へと急ぐ二人の姿に、将来への明るさが感じられる点が、この作品の掲載理由かもしれない。

「都会放浪者」以外の作品にしても、「まとまりの無い憾み」・「技巧がかえつて煩はしく」・「多くの人に書かれすぎ」・「自分に甘えすぎ」・「概念を捨てて」などを短所としていて、(8) その幾つかは「下田の女」に当てはまる。「下田の女」については、カフェの女給・若者・旅先の恋愛というありふれた設定に、どんな独自性を加えたのかを考えなければならない。

四

それでは、中島の習作は当時どう評価されたか。

「下田の女」については不明だが「ある生活」・「喧嘩」について、親友の釘本久春氏が「校友会雑誌」（三二九三年十一月）の「批評」で、次のように書いている。

中島敦君の『短編三つ』は応募小説中での圧巻であつた。（中略）中島敦君の『短編三つ』はそうした不振の中にあつて唯一の輝く珠玉であつた。その健筆と、柔く確なリリシズムは君の作品をして、快く、まろ味ある短編たらしめてゐる。殊に『喧嘩』は心理的な素材を短編的に生かし、心理描写に於て平易明快な態度をといひながら浅薄に陥らなかつた点に於て、誠によき作品であると思ふ。

褒めすぎの感もあるが、「喧嘩」は中年女性の心理をうまく描いた自然主義風の作品である。全体的に中島の習作の完成度は、時期が後になるほど高い。

逆に短所として、釘本氏は次のように指摘する。

しかし、難を云へば、君には筆の走り過ぎる嫌ひはないであらうか。健筆の駆使が、素材を内面的な真実を溢れしめることから、即ち素材の客観的な取扱ひ、或は又素材への深き観照から、君を奪ひ得る危険を胎んで居りはせぬであらうか。

確かに、「ある生活」にはリリシズムはあっても、「素材への深き観照」は薄い。また、「筆の走り過ぎる嫌ひ」は「下田の女」にもあり、「ある生活」・「喧嘩」投稿時にボツになった「女」にもあったのだろう。

中島はそういう指摘を受け入れ、「巡査の居る風景」と「D市七月叙景㈠」を書いたのではないか。「巡査の居る風景」は中島の育った朝鮮を、「D市七月叙景㈠」は父親の赴任地・大連を舞台として、朝鮮や中国の状況、かつ侵略国・日本と日本人への批判が描かれ、社会性の色濃い作品である。両作には「筆の走り過ぎる」軽さはなく、「内面的な真実を溢れしめ」ようとしている。

中島は、搾取される植民地の人々と支配する日本人の実態を、日本在住の一高生よりもよく知っている。彼は啓発という面や正義感からも両作品を執筆したろうし、当時流行のプロレタリア文学の影響もあったと考えられる。両作品を釘本氏がどう評価したか分からないが、多分、好評だった[9]と思われる。

五

以上見てきたように、中島の習作は新感覚派風から自然主義風、そしてプロレタリア風へと変遷する。文壇や時代への迎合と言うよりも、自分に合う作品を探していたと言うべきかもしれない。自分は作家に生まれついているという思いを持ち[10]、文才があると言われて、中島は中学生時代を送ってきた。中学生時代の彼の作文は、群を抜いていたようである[11]。が、それは朝鮮という外地の中学校のことである。天下の一高で、文才は証明されなければならない。

彼は一高で創作に励むが、どのような作風に向いているかは、書かなければ分からないし、評価は他者が行う。中島は友人たちの批評や要望にも応えたろうが、どの習作に手応えを感じていたのか。

中島の習作時代の創作の状況や、各作品（「下田の女」から「D市七月叙景㈠」まで）の特色を考察する。

注

（1）ちなみに、中島は昭和四年四月から文芸部委員となり、三二二号から三二六号まで編集に加わった。中島の文才と努力が、文芸部の委員たちに認められたのだろう。

（2）この点は横浜も同様である。「過去帳」で描かれる横浜は明るいハイカラな港町というよりも、暗いイメージが濃い。

ただ「過去帳」は、そういうイメージを基調として創作されているので、割り引いて考えなければならない。

（3）後年、中島は「虎狩」や「斗南先生」・「北方行」・「プウルの傍で」・「過去帳」などで、少年期や青年期を語った。前二者は、中島らしき「私」が朝鮮人の趙や伯父の斗南を語り、「北方行」・「プウルの傍で」は「私」を語っても、「北方行」は二人の主人公に分割され、「プウルの傍で」は回想が主であり、「私」はあまり語られない。しかも、両作品とも未完成か未発表である。

また、「過去帳」は自身を語っているように見えるが、それは等身大の中島ではなく、他者に見せられる「私（中島）」だと考えられる。（詳細は、「斗南先生」や「過去帳」などの章を参照されたい。）

（4）中島の同僚だった岩田一男氏の回想に、次のようなものがある。

中島は「楽しい」という言葉と、「汚い」という言葉をよく口にした。何しろ、いろいろなものの美しさや特徴をすばやく的確にとらえる男だった。（中略）「汚い」というのは、うそをついたりするような卑劣な行為に対してで、道徳上の批評を審美的な言葉でしている、と笑う仲間もいた。

岩田一男「横浜時代の中島敦」（『中島敦全集　別巻』筑摩書房　平成十四年五月）

（5）その一例として、中学生時代の友人・湯浅克衛のための行動は正義感からだと思われる。京城中学校時代、湯浅が当時禁止されていた「改造」や「痴人の愛」を読んでいたことが見つかったが、中島の尽力で、停学処分から「図書室監禁」になった。

湯浅克衛「敦と私」（『中島敦研究』筑摩書房　昭和五十三年十二月）

（6）「北方行」（第三篇㈠）に、伝吉の中学生頃の文学観が記述されているが、小説なので注意を要するだろう。その詳細については、「北方行」の章で詳述する。

（7）「生きているメルヘン」のような神経質的な内面描写レベルを越え、存在の崩壊を描こうとする「不安の文学」が流行するのは、転向文学の始まった昭和十年前後である。また、中島がカフカの小説（「窖《あな》」）を紹介するのは「狼疾記」であり、そこでは「宿命論的恐怖」が語られる。

（8）当時の小説家志望者は、互いの作品を酷評する傾向にある。中島が愛読するのは志賀直哉や佐藤春夫などであり、彼らのものに比べれば、高校生たちの作品に厳しい評を下すのも仕方がないことかもしれない。

中島の卒業論文（『耽美派の研究』第四章）の一節に、次のような文章がある。

私は其の作品に於て、志賀直哉氏・佐藤春夫氏・乃至は久保田万太郎氏の芸術を最も愛するにも係らず、（以下略）

（9）中島と同じ文芸部委員であった氷上英廣氏に、次のような回想がある。
中島が当時書いたものは、文治堂刊の全集に全部収められているが、私にはどれも懐かしいものである。中島の文章に特有な、あの文脈の正しさ、格調のよさはすでにあらわれていて、私を感嘆させた。（中略）
こうした原稿を渡された年少の日（私は十八歳だった）の感銘を、いまでも思い出すことができる。なんといったらいいか、中島の文章の、天性の「スジの良さ」というものに、私はうっとりとしていたのである。
氷上英廣「中島敦のこと」（『中島敦研究』筑摩書房　昭和五十三年十二月）

（10）「北方行」や「過去帳」に同種の表現があり、中島も自覚していたと思われる。

（11）中学生時代の中島の文章について、旧友たちの回想を紹介する。
又国語の授業の時彼の作文が読まれたことを記憶しています。題は「秋」、澄みきった秋空に誘われて散歩に出た小林一茶が、静かな池の面に写った自分の顔、びんの白くなったのに気付いて、人生の秋を感じたというような作文で私には思いも及ばないことで感嘆しました。
杉原忠彦「三角地のことなど」（『中島敦全集　別巻』筑摩書房　平成十四年五月）
中学四年の時だったか、国語の吉田先生の時間に彼の作文が朗読されたのを覚えています。自由作文で「猫」について書かれ、ユーモアがあり、名文だと感心しました。
伊東高麗夫「興味ある存在、中島敦」（『中島敦全集　別巻』筑摩書房　平成十四年五月）

二　「下田の女」

一

「下田の女」（「校友会雑誌」三一三　昭和二年十一月）は、中島が「校友会雑誌」に初めて発表した作品であり、昭和二年の春に伊豆を旅行した際の見聞を生かしたものである。(1)が、この旅行後の夏休み（大連帰省中の八月）に肋膜炎にかかり、大連の満鉄病院に二ヶ月程入院する。退院後、別府の満鉄療養所を経て千葉県保田あたりに転地療養する。学校は一年間の休学となるが、この体験（入院・転地療養）が「断片一」や「断片三」、および「ある生活」や「喧嘩」に生かされている。

以上のことから「下田の女」の執筆時期は、「校友会雑誌」刊行時期（昭和二年十一月）と彼の発病や入院期間（同年八月～十月頃）を考慮すると、春の旅行後から大連に帰省するまでの間とするのが無難であろう。病気（入院）がなければ、原稿に手を入れたり校正もしたろうが、それができなかったせいか、この作品には意味の通らない表現が少なからずある。

そのせいもあり、「下田の女」の評価は高くない。その中で鷺只雄氏は「蒸し返しや類似の表現が多い難」を指摘しつつも、「作品のポイント」は「〈女の謎〉の提示にある」とし、「青年期の男にとっての最大の問題の一つに真っ向から挑戦した」と評価する。(2)が問題は、その挑戦の成果である。（この点については後述する。）

この作品でまず目につくのは、軽快で奇抜な表現である。新感覚風の「奇矯なる表現」（「鏡花氏の文章」昭和八年八月）が、この作品には多い。例えば、「コレラの細菌にも似た花火線香の様な恋をしたのです。」・「そして都会の皮膚のあまりの青白さにたへかねて——」・「が、急に、夏の朝の高原の様な快活さを以て笑ひ初めた。」（1）などである。

こういった比喩表現以外にも、中島は、新感覚派の「作品全体の（もしくは、その中の一つの情景の）構成それ自らの中の新しさ」（「鏡花氏の文章」）を狙い、作品に「女の謎」（鷺只雄氏）を「重層的表現」[3]（濱川勝彦氏）によって描こうとしたのではないか。相手により「カメレオンみたいに色を変へる」（3）、それも意識せずに変わることができる女性、それが〈下田の女〉である。

作品への当時の評価は不明だが、中島自身は後年の『文芸部部史』（昭和五年九月刊）で、昭和二年度の「校友会雑誌」掲載の小説について、一部を除いて「いちゞるしく振るはなかつた。（中略）他に特筆すべきものはない。」と切り捨てている。が「下田の女」が駄作であれば、投稿時にボツになっていようし、文芸部員や友人たちの反応が悪ければ、その後の作品執筆や投稿はなかったかもしれない。彼らは欠点を指摘したとしても、投稿を歓迎したのではと想像される。

以降、「下田の女」の特色を考察する。

二

「下田の女」（全三章）は、「私」が「旅先で会つた一人の女の話」を語るものである。一章では下田での二人の出会いが、二章では女の二つの恋愛話が、三章では「私」と女とのデートの顛末と後日談が描かれる。二人の語りと交渉が中心だが、「あまり印象が変てこなので私は、初め何だか夢を見てたんぢやないかつてな気が」（3）する雰囲気の作品である。だが前述したように、作中には「女の謎」や「重層的表現」に通じる女性への分析や観察がある。

作品は「私」の突然の告白から始まる。

「私は都会で恋をしたのです。コレラの細菌にも似た線香花火の様な恋をしたのです。けれども、其結果はあまりに無残なものとなつて了ひました。私はあんまり鈍かつた。女はあまりに鋭かつた。（中略）さうして、女は、私を知つてから十日目には、もう外の男の頸に腕を投げかけて居ました。しかも私は……ああ此の可哀想な私は……さうです。たうとう神経衰弱になつて了つたんです。そして都会の皮膚のあまりの青白さにたへかねて（中略）私は遂に逃げ出して、此の南の国に来たのです。」

私は初めの女にさう語つた。（1）

「私」は都会の恋に破れ、「南の国」に逃げ出してきた職業不明の男であり、相手の女もカフェの女給らしいが、詳細は不明である。「私」の告白は、「ああ此の可哀想な私」という表現から分かるように饒舌で感傷的であり、彼の語る失恋による喪失感に同感しにくく、なぜ身の上話を女に告白するのかなどの背景も説明されないし、「私は初めの女にそう語つた」の「初めの女」についても分からない。

いずれにしても、彼が都会で恋した女は「私を知つてから十日目には、もう外の男の頸に腕を投げかけ」る女である。この女の変わり身の早さは下田の女とも似ているが、違いとしては、彼女（下田の女）は簡単に肉体関係を結ばないことである。

「私」が自分のことを語ると、

町にただ一つのこのカフェーを囲んで居る紫色の光の中には、豊かに、ふくれ上つた女の肌の香がなまぬるく沈殿して居た。女は少し間下を向いて居た。
が、急に夏の朝の高原の様な快活さを以て笑ひ初めた。
「ホ、、、、、、、、。」
私は黙つて女の顔を見た。（1）

女の「夏の朝の高原の様な快活さ」も唐突だが、続いて「私」に、「お友達になつてくださらない？　もつと仲のいいお友達に。」と言う。「私は今度は躊躇せずに答へ」る。「なりませう。いや是非ともなつて下さい。」

女の目の微笑が直ぐに私の目の中に溶けて行つた。（中略）そこで私たちは、コップを、かち合はせた。その透明な緑色の液体の中にも紫色の光が雨の様に降り注いだ。さうして私達は友達になつた。（1）

このあたりは二人の若さや軽さを表しているが、引用文中の比喩表現や色彩感は注目される。（ここには「感覚の新鮮さと語彙の豊富」[4]があろう。）

翌日、彼女の「花弁の様な唇は、私を見付けると直ぐにしやべりだ」（2）す。

「あなた私が嫌ひなのネ。私よく知つてるワ。」（2）

なぜ「私」が彼女を嫌いと思っているのかは分からず、彼女の唐突で蓮っ葉な物言いに、「私は何が何だか分らなくな」る。彼女は続けて言う。

「あなたは私に、都会のお話をして下さつたワネ。だから私もあなたに、此の町の女の話をして上げたいんです。いろんな面白いお話があるんです。だから今直ぐ私の家へお出でなさい。イイエ、来なくてはいけません。」（2）

彼女が「私」に近づく理由は分からないが、彼女の人の良さや恋多き性格を示していよう。彼女は「面食つた私」を自分の家へ連れていき、この町の女が体験した二種類の「恋愛」を語る。（女の内面の説明がないので、テンポが早すぎる感もあるが、その後、二つの話の中の女が同一人で、自分のことだと明かす。）

前者の恋の相手は、気の弱い世間知らずのお坊ちゃん（「青白い顔」の「病気のため、学校を止めて、一月計り此処で静養して居る」学生）であり、後者の相手は、ずうずうしい肉欲的な東京の四十男の商人である。

学生はある晩、女と海岸を歩いていて、「すれ合つて歩いて居る女の豊満な肉体から発散する強烈な香ひ」（2）に耐えきれず、求愛する。

青年は恐らく彼が東京で、活動写真の中に見たであらうラブシーンを其の儘やらうとした。だが、彼はあまりに夢中になりすぎて居た。

彼は唇をふるはせた。

眼はあはれみを乞ふ様に女を見上げて居た。彼は手を女の方へさしのべた。（２）

この求愛に対して、彼女は「冷やかに笑」い、「一体あなたはお金、どの位お出しになるお積り?」と言い、「砂の上に打倒れた男」を残し、「幻燈の様な霧の中」（２）へ消える。

いささか戯画的な描写であるが、彼女は翌日の彼への手紙の中で、「此の国の女は、冷たいつまらない『心と心の恋』より、暖い『からだとからだの恋』の方が好きなんです。」、「私もつと男らしい強い人が好きなの。」、「恋愛は性欲以上のものだなんて言ふ人も大嫌ひなの。」、「あの時、何故笑つて私を抱きしめてくれなかつたの。何故私の唇に接吻して呉れなかつたの。さうすれば私、あの時あなたのものになつて了つたでせうに。私もなさけなくなつて了つたわ。」、最後に「恋愛は常に犬の様な勇気と、豚の様な、づう〳〵しさと、それから、も一つ、お金とを必要とするものなのですから。」（２）と書く。断定的な語り方にもよるが、彼女の心情は分かりにくい。多分、彼女は純情さとともに、行動力と「からだの恋」を男性に求めているのだろう。（この話を聞いた「私」に、「此の女、あなたの恋人だつた人に似てやしなくつて?」と聞き、「私は黙つてうなづ」く。彼女は「私」に、行動力が必要だったと言いたかったのかもしれない。）

だが、次の四十男との恋愛では、彼女は逆の対応をする。「豚の様な、づう〳〵しさと、それから、も一つ、お金」のある商人の強引な誘いに対して、「女は男の性欲を充す器械ではないのです。女には心があるんです。」（２）と拒絶し、

一人の女が一人の男を愛する。ほんたうに心から愛する。ああ何て、それは素晴らしい事でせう。（２）

と言い、続けて次のようにも言う。

「何も世間を知らないお坊ちゃん―さういふ方と恋がして見たい。（中略）一生に一度位は真面目な恋をして御覧なさい。さうすれば初めて、ほんたうに人生つて生き甲斐のあるものだつて事が分りませう。あなたの様に肉欲しか知らない人には、ほんたうの幸福なんてものは分りつこないんですから。」（2）

彼女は愛のない肉体関係を拒否し、「真面目な恋」を求める。だが、前の話からも分かるように、「何も世間を知らないお坊ちゃん」との恋愛は、彼女自身が拒絶している。いいように解釈すれば、これは二人の男に深い愛情がないことを知った上で、相手に真面目さと勇気を求めてのものかもしれない。彼女は学生には「からだとからだの恋」を、商人には「心と心の恋」をしたいと言う。本来であれば、「からだと心の恋」を求めるのだが、それは理想であり、女は相手に足りないもの（体か心）を要求しているだろう。

気まぐれだと言えばそれまでだが、彼女は相手によって異なる顔を見せている。だが、彼女は相手に対して、「真面目な恋をして」とか「人生つて生き甲斐のあるもの」云々と言うが、これまでそういう体験があったのだろうか。恐らくはなかったのではないか。ない故の要求の高さであり、加えて彼女の移り気・変わり身の早さが、前述のように行動させたのではないか。

彼女は二つの恋愛話の後、次のように「私」に言う。

―私はあなたが好き。あなたは私に恋しないから。併し私もあなたに恋なんかしない。恋なんて自分に対する最大の冒涜なんだもの。（中略）女だつて別に一つの型に鋳込んで作られた物ぢやないんですもの。時に依つてはそれは強くもなるわ。でも又時々は、私はやつぱり女だつてしみぐ〳〵思ふ事もあるのよ。二重人格なんてむづかしい言葉は私は知らない。ただ私は時と場所でカメレオンみたいに色を変へるだけなの。（3）

彼女は豊満な体を持ちながら、現実の恋愛には背を向けている。彼女にとって「好き」と恋とは違うようで、恋愛への屈折した思い――「恋なんて自分に対する最大の冒涜」――は理解しにくい。多分、恋から自由でありたいと思いながらも、「時々は、私はやつぱり女だつてしみぐ〳〵思ふ事もある」ように、恋もしたいのだろう。その結果、彼女の恋は「時と場所でカメレオンみたいに色を変へる」。ここらに「女の謎」（鷺只雄氏）があるのかもしれないが、彼女の語る恋愛は観念的な恋愛のようで、生身の「女」が感じられない。だが、彼女は肉体的に十分「女」であり、このままでは、彼女の恋愛は分裂気味で中途半端である。

三

続いて三章で、「私」と女とのデートの顛末が描かれる。

約束の十時。私は此港で一番見晴らしの好いS公園で女と落合つた。白かつた。無暗に白かつた。第一空が白く霞んで居た。次に海も白く光つて居た。凡てが四月の透きとほつた銀色の空の下で白い、ささやきをかはして居た。（3）

海も空も白く光っている四月の公園で、二人は会う。「桃色に見せて上げるかもしれない」（3）とのデート前の女の言葉は恋を示唆していようし、「女の手の柔い触感・甘えたペルシャ猫の瞳」は官能的である。彼女は「ネエ、今日のあたしどんな感じがして？」と聞き、「桃色に見え」るとの「私」の答えに、「春の牧場の子羊の様にはつらつと跳ね」る。子供っぽい動作であるが、そんな彼女に挑発されて、「私」は「いきなり女を抱かうと」するが、女は「いけない。」と「私の手を振払つて下の方に駆け出」（3）す。二人の仲が気まずくなるかと思いきや、

　やがてすぐ下の方から女の爽かな笑ひ声が聞えて来た。

　「ホヽヽヽヽヽ」

　それはポプラの葉のそよぎの様な新鮮な笑ひだつた。それを聞いて居る中に私も、何だか急に愉快になつて来た。

　「アハヽヽヽヽヽ」

　二人の高らかな笑ひ声がこんがらがりもつれ合つて、白い空気の中に次第に消えて行つた。（3）


　両者の心情は理解しにくいが、「爽かな笑ひ声・愉快」というのが、良くも悪くも二人の状態や関係を示している。そして、「二人の高らかな笑ひ声がこんがらがりもつれ合つて」が二人の近さを表しており、「白い空気の中に次第に消えて行つた」で、この恋の実りのなさが暗示されている。総体的に「あまり印象が変てこなので私は、初め何だか夢を見てたんぢやないかつてな気」（3）がする雰囲気の出来事である。男女の情や性に捕らわれない爽やかさがあるが、この程度の描写では物足りない。彼女は官能性を持ちつつも恋に自由であろうとするが、ではどうしたいのかが分からない。[5]

そして、女の行動の矛盾――桃色の挑発と拒絶と爽やかな笑い声――が、「女の謎」ならば受け入れるしかないが、女の爽やかな笑い声に、「私」が愉快になる理由が分からない。「私」は東京で恋人に逃げられ、失恋に傷ついていたのである。やはり二人には深い恋心はなく、恋愛以前の状態にある。ただ、かくの如き顛末が二人にとって、そして「四月の透きとほつた銀色の空の下」（3）にふさわしいのかもしれない。

四

作品の最終部分（三章最後）で、東京に帰った「私」に女からの手紙が来る。

（前略）其の手紙の中には「東京の春はどう?」だの「あなたもお達者にね。」だの「此間中の事はほんとに夢の様でしたわね。」だの彼女らしくもない事ばかり書いてあるのです。で私は初めは少し面食つたんですが、併しよく考へて見れば女の此の弱気な心持も分らないではありません。が、もし今私が誰かに其説明を求められたなら私は前述の彼女の手紙の一節を以てお答へしませう。「女だつて別に一つ型に鋳込んで作られたものぢやあないんですもの。時によつてはそりや、強くもなるわ。でも又時には、私はやつぱり女だつて、しみ〲思ふ事もあるのよ。」[6]（3）

「『此間中の事はほんとに夢の様でしたわね。』だの彼女らしくもない」や「女の此の弱気な心持」は、彼女の勝ち気なイメージと違和感があるし、「私」に彼女の内面が分かるのも疑問だが、女の最後のセリフ――女は強くもなるし、「私はやつぱり女だ」――が強調したいことだろう。

前述したように、彼女は「私」とのデートの場面で、女としての魅力を発揮するが、「私」の誘いを拒否し、二人の仲は進展しない。しかし、彼女は「やっぱり女だつて、しみ〴〵思ふ事もある」ように、恋もしたいのだろう。結果として、彼女は不充足の状態にある。

繰り返しになるが、問題は彼女が軽い性格と豊満な肉体の持ち主にして、相手によって心か体かだけの恋を拒絶して、両方を求め、しかし、恋は「自分に対する最大の冒涜」だとすることである。つまり、彼女は恋したい心を持ちながら、恋を拒否している。理想的な相手の登場によって、恋愛が始まるかもしれないが、その時は自分の内部の矛盾を克服しなければならない。

恋愛を醸成させる時間不足を考慮しても、「下田の女」の恋愛は発生段階で終了する。複雑な女性の内面を描くためかもしれないが、本来、それは恋愛の深化とともに生じるのが普通である。「下田の女」では女の存在感が軽く、女の複雑さが描かれているとは言い難く、全体的に深まっていない。

同じく、「私」は傍観者的位置にいるため、二人の女（東京での元恋人・下田の女）に逃げられた割りに、喪失感や孤独感は感じられない。彼は下田の女の肉体に魅せられつつ、彼女の変わり身の早さに愉快になっている。「何だか夢を見てたんぢやないかつてな気が」（3）との表現に、「私」の女への心情（恋心）の浅さがある。

同様に作品の舞台・下田も、現実の下田と言うよりは、空想の「下田」——異国風の港町——である。

此の港町は真白な日光と、桃色の空の下に、明るく、かがやき渡つて居た。その白い日光の中に女の円い顔が、薔薇の様に笑つて居た。　（2）

「真白な日光と、桃色の空の下」の「下田」と、「薔薇の様に笑つて居」る「女」が、セットとして存在している。

美しい場所やそこにいる女が、内実が不足しつつも、きらめく色彩の変化を見せるのは自然かもしれない。

五

創作（小説執筆）の出発において、中島が「女」の謎と男たちとの関係を描こうとしたのは注目される。そして、それが恋愛以前の段階だとしても、陰湿で非道徳的なものはなく、夢のような恋愛感情が揺曳している。ただ、恋への屈折した思いや「心」と「体」の恋愛への願望などは、現実によって変わっていく可能性を持ち、この世界は色あせるかもしれない。(7)

現実（東京での学生生活）を離れ、旅人と化して日常から脱却したい、他者（特に女性）と関わりたいという夢が「下田の女」執筆の一原動力であろうが、彼固有の問題――継母との不仲や家族への不満、また、彼の故郷がないとの思いや「彷徨を好む気質」（「斗南先生」二）、そして裏腹にある孤独の思いなど(8)――が、創作に関与していよう。（ただし、後年に描かれるような自己を苛む「狼疾」は見当たらない。）

「下田の女」に見られる軽さは、以降の習作では影を潜めていく。作品や自分の弱点は、文章化することによって実感される。数年後、中島が他の学生の作品に対して、「全体の調子が少し滑りすぎ」や、「自分に甘えすぎ」だとの批判(9)は、「下田の女」への批判にも通じる。やがて彼は、「喧嘩」や「巡査の居る風景」のように、自分と遠い世界や社会性の強い作品を書く。それが「下田の女」の反面教師的な成果であろう。

だが、〈下田の女〉を求めての彷徨は、大学生時代の後の妻との出会いまで続いたと想像される。

注

（1）川端康成の「伊豆の踊子」（大正十五年）からも分かるように、当時の学生たちにとって伊豆は人気の地であり、ロマンのある地であった。また、「伊豆の踊子」のような主人公と踊子との出会いや淡い恋愛にも、学生たちは憧れたろう。
（2）鷺只雄『中島敦論──「狼疾」の方法──』（有精堂　平成二年二月）
（3）濱川勝彦『中島敦の作品世界』（明治書院　昭和五十一年九月）
（4）前出の「文芸部部史」の中で、先輩の高見順の小説に対しての褒め言葉。（詳しくは、前章「習作」を参照されたい。）
（5）これは、次作「ある生活」の主人公たちの恋愛の現実感の希薄さや、「蕨・竹・老人」で、老人と人妻の密通への語り手の対応──目を背けて去り、心情的に距離を取ること──や、裸の少女たちを見て朗らかになる心情などと似ている。
（6）前述の手紙（三章冒頭にあるデート前の女の手紙）中の該当部分と比べると、数カ所の異同がある。推敲していないためだろう。
（7）「ある生活」で、ハルピンの街の美しさやソフィアとの恋愛が、マサキの病気によって色あせ、「蕨・竹・老人」の伊豆が、一人の女性（お光）の不倫や出奔によって色あせるのと同じような可能性がある。
（8）中島の少年時代・青年時代の孤独な姿については、友人たちの証言がある。代表的なものとして、氷上英廣氏の回想（高校時代の中島の姿）を、次に紹介する。

今から思えばそのころの中島にはどこか孤独な、沈んだところがあったように思う。そのころというのは、昭和四、五、六、七年あたり、一高の三年生から東大時代にかけてで、かれの性格は決して憂鬱などというのはあたらないけれども、周囲のなせるわざか、性来の思考の型のせいか、ある種の、人を容れない、孤独な側面があった。（中略）ただかれが時々洩らす言葉から推測しているだけであったけれど、家庭や親類との関係などで、かれは孤独の状態に陥っているらしかった。それは一つにはかれの鋭敏さも手伝っていたようだが、それだけではないらしかった。（中略）何人もの、母と呼ぶべき人との関係で、かれには私の知らない苦労があった。かれが恋愛から結婚へ、学生時代にはやくもはいっていったのには、一面かれの孤独と、その淋しがりのところが作用したようにも思われる。

氷上英廣「中島敦の回想から」（『中島敦研究』筑摩書房　昭和五十三年十二月）

（9）「校友会雑誌」（三二二　昭和四年六月）の編集後記による。

三　「ある生活」

一

「ある生活」（「校友会雑誌」三一九　昭和三年十一月）は、「喧嘩」とともに発表された作品である。この時中島は、この二作品以外に「女」という作品も投稿したが、ボツとなる。(1)前回の一作品（「下田の女」）に比べて、三作品の投稿である。彼はこの年の春までには病気（湿性肋膜炎）も癒え、四月からは高校に復学し知人の家に寄寓したので、創作の時間も増えたのだろう。

「喧嘩」は中島の転地療養先（千葉県安房郡鋸南町）を舞台として、自然主義的な内容で評価されているのに対して、「ある生活」の評価は低い。鷺只雄氏はこの作品を「できそこないのロマン」(2)とし、川村湊氏は中島の作品の中では「もっとも生彩を欠いたもの」(3)とする。中島自身の病気の体験もあって、病気の描写はリアリティがあるが、マサキと恋人・ソフィアとの関係が曖昧であり、(4)二人の恋愛への心情も具体的には描かれない。中島が恋愛描写を控えたためかもしれないが、やはり中途半端な描写であり、ソフィアのドラマも、マサキとソフィア二人のドラマもないため、「できそこないのロマン」（鷺氏）との評価もやむを得ない。

ただ玉村周氏は、横光利一の「園」（大正十四年四月「文芸時代」）との比較を通じ、「社会にかかわりたいのだがかかわれない、もしくはかかわってはいない、ということを前提として問題がたてられてい(5)」ると指摘する。事実、主人公のマサキは重症の肺病患者・放浪者として設定されていて、社会と隔絶した存在である。彼が社会にかかわれないとの設定であれば、ソフィアやその他の人々との関係を持ちにくいのも仕方がないのかもしれない。

また、佐々木充氏はこの作品に中島の基調低音である〈存在への懼れ・不安〉の萌芽を見ている。が、氏の「若年の習作がその重量に耐えるには、この課題は余りにも原始の闇を背負いすぎていると言わなければならない。[6]」との言説の通り、〈存在への懼れ・不安〉は、「ある生活」の出来具合から言っても、この時期の中島にとって、正面きって書きたいものではなかったと考えられる。

作品舞台も同様であり、ハルピンが中島の居住地ではないためか、街の描写も印象的な部分もあるが、全体的に「類型的な描写」[7]（川村氏）である。旅行の体験や見聞を元にしたため、ハルピンが十分には描けなかった。人間関係や「場」の特色が薄い結果、作品は主人公の病気をめぐる内面を中心に展開する。濱川勝彦氏も次のように言う。

（前略）作品の中からソフィアは姿を消していく。単に死なんとする青年のみならず、過去について一言も発しないソフィアにも確実に存在した人間悲劇は、青年の死の意識の前に捨てられてしまった。ここに至って死に直面した青年の不安、孤独が「主」となり、ソフィアのドラマは、その背景となって真に有機的な「重層的方法」をとっていない。[8]

作品が「有機的な『重層的方法』をとっていない」ため、主人公たちに深まりがなく、結局はマサキの一人芝居となり平板となってしまう。しかも、「死に直面した青年の不安、孤独」が十分に深められているかも疑問である。

前作の「下田の女」では、女の複雑さや謎、および男女の恋愛を描こうとしたが、登場人物の内面描写の不足や語り手の消極性もあり、成功しなかった。「ある生活」では女性との恋愛を絡めて、主人公の内面を描こうとしているが、恋人が消え主人公も死に捕らわれてしまい、作品は深まらない。

二

「ある生活」を考える場合、中島の書いた二つの「断片」が参考になる。肋膜炎による病気・入院・療養生活（昭和二年夏〜冬）を描いた「断片一　病気になつた時のこと」と「断片三　ロシア人の名前は」である。

「断片一」は、「勿論之は小説ではない。たゞ物を淡々と描写しようとする練習にすぎない。」との文章で始まり、主人公の発病時の様子や大連の街と看護婦・患者たち、そして入院中の出来事が断片的に描かれる。「私」の病気は、生死にかかわるような深刻なものではないようだが、入院は未知の体験であり、多様な人々（患者たち）との出会いもある。作家志望の中島が彼らを観察し、文章にして残すのは自然なことであろう。

中でも「私」の発病時の描写（「断片一」一）には、「恐怖や気持ちの悪さの感覚」[9]（奥野政元氏）があり、これは後年に描かれる「狼疾」とも近く、「習作期の舞台裏を暗示」（奥野氏）している。（ただし、それは発病時のように特殊なときに起こったものであり、日常的に生じるものではない。）また、この時見た「私」の「恐ろしい夢」は、マサキの見る「変な夢」に通じている。

「断片三」は「断片一」よりまとまっていて、九州の療養所での日々を描いている。（詳細は後述する。）

次に「断片一」と「断片三」を、「ある生活」と比較したとき、まず注目したいのはロシア女性たち[10]の描写である。

若いロシア女性との出会いを、「断片一」では次のように描いている。

このヴェランダへ行く毎に私はよく、一人のロシヤの若い婦人に会つた。たいしや色のはでな服に頭髪は短くきつて居て、目の色が此の頃の空の色に似て居る様だつた。あまり度々会ふので、ある日私は目で一寸ほほえみかけた。すると彼女も亦紫色の瞳に人なつこい微笑をうかべて、思ひがけなくもはつきりとーだがどこか拍子ののびた調子でー日本語を使つた。

ーコンニチハー

（三）

「人なつこい微笑」や「どこか拍子ののびた調子」などは、貴族的なソフィア（「ある生活」）とは違うイメージだが、マサキとソフィアの出会いを想定した時には参考となったかもしれない。

同様に「断片三」に、若いロシア女性・リーザ（「ハルピンJ新報」杉原の二十二・三歳の若妻）が登場し、主人公格の学生・井口――中島と似て、「前年の夏、東京の学校から帰省中、大連でろく膜を患つて、そこで二ヶ月程入院し、その予後に満州の気候はよくないといふので、あるM社の知人の紹介で冬の間だけ此の療養所で過ごしたのであつた。」（二）――との交流が描かれる。

「断片三」は、九州のB市の療養所（別府市の満鉄療養所か）でのリーザと母親の描写から始まる。母親は「色んな昔の懐ひ出にふけ」っていて、現状に満足していない。対して娘のリーザは、明るく日を送っている。井口との出会いの場面は、次のように描かれる。

その夕方、井口が飯をすませてから、二階のヴェランダに出て、口笛を鳴らして居ると、いつもの橙色のワンピースを着けたロシヤの娘が、そこへやつて来た。

「―」と、彼の口笛に耳を借して居たが、

「あ、、ラ・マルセーズ、」

それから、急に、芝居らしく、厭な表情をして、—今のロシヤ、それそれ。駄目です。今のロシヤ。その歌です。

井口は仕方なしに黙つて笑つた。彼の笑つた意味が分らなさうな顔をして、女を《ママ》仕方なさうに笑つた。（三）

リーザは「ラ・マルセーズ」に対して、「急に、芝居らしく、厭な表情」をする。ロシア革命に対しては、ソフィアも同じ反応をしていることから、ソフィア造型に役だっていよう。だが、リーザにはソフィアのような謎の部分はないし、ましてや恋愛感情はない。そして、マサキの最後（孤独な死）や恋人の消失とのイメージに合わないため、リーザの活発さや明るさは省略されたのかもしれない。

次に、主人公のマサキに関してである。

「断片三」の中で、中島の分身のような井口は、病気から順調に回復する[11]。重病のマサキに近いのは、水谷という肺病患者であろう。彼は「うらなりの様な青ぶくれのした」（二）顔であり、やがて「ひげの生えた汚れた頬を枕にうずめ、天井の灰色の汚点を仰いだまゝ、日毎に青ざめて行つた。」（五）と描写され、このイメージがマサキに生かされているのかもしれない。

以上のように、「断片一」や「断片三」に描かれた人々や出来事が、「ある生活」執筆の参考になったと推測される。

三

「ある生活」のヒロイン・ソフィアは、マサキの「旅先に偶然とび出して来た女」（2）である。「高貴な容貌」やロシアの旧国歌を愛している点から、彼女は亡命貴族の一員と推測されるが、二人が恋仲になった事情や恋愛の内実は不明である。

マサキの生活や彼女への思いは、次のように描かれる。


彼の生活は明らかに二つに截分されて居ました。一つは一人で居る時、も一つは彼女と共に居る時です。たつた一人でねて居る時、彼の生活の火は全く消えて了つて居ました。彼は自分の海鼠の様な肺臓を考へ、彼のひからびた死を思ふことによつて、いらだたせられ恐れさせられました。が、彼女が彼の側に居る時、彼の生活の火は、かすかながらパチパチと火花を立てて燃え上がりました。彼がその来るべき死を忘れることの出来るのは、此の時だけでした。（2）

彼の生活は病気と恋愛の二つに分けられ、ソフィアは彼を毎晩見舞う。そのことから、彼を愛していることは分かるが、恋人らしい行為は接吻程度である。


女はいつも、馬車にのつて、この丘の上まで、登つて来ます。雪の降る夜でも、きつと彼女は、ロシヤ人の二頭立の馬車にのつて彼の所にやつて来ます。（中略）間もなくドアをあけたてする音が静まつた家の中を驚ろかし、それから、性急な階段を上る跫音が聞えると、やがて茶色の毛皮の外套と同じ色の帽子につつまれた女の姿が部屋の中に入つてきます。

—淋しかつたでせう？　ねえ、マサキ、—

女はさういひながら、少しかがんで、ベッドの彼の唇にくちづけします。

—いけない。病気が移るよ。

するど、女は返事をしない。そしてきまつて窓の外を見ながら、外の話を初めます。（1）

ソフィアは謎の女として、マサキに対している。マサキは彼女のことを知ろうとする。

もう何も話すことがなくなると、きまつて彼は、彼女の身の上をたづねました。実際、彼は、彼女のことをまるで知つて居ませんでした。彼女がそれを語るのをさけたからです。

―ソーニャ、君は一体どういふ人なの、君の家は何なの？　君はやはり此処で生まれたの？

すると彼女の答はいつもこれです。

―どうでもいいぢやありませんか。そんな事は。私はただ、あなたの旅先に偶然とび出して来た女ぢやないの。それで沢山よ。―（2）

それでもマサキは彼女の過去を何度も尋ねるが、彼女の反応は、

―お止しなさいよ。止さないと好きなマサキが嫌ひになつて了ふから。それより、外でも御覧なさいな。月が出てるわ。（3）

というものであった。そこで、彼は「彼女の高貴な容貌から想像して居たこと」――彼女が「昔の貴族かなんかの娘さん」――を話す。彼女は「其時黙つて外を眺めて居る」が、「横顔にある感情の動き」を見せる。

四

しかし、「それからしばらくすると、彼女は、何故か彼の所に来ない様になり」、彼の前から消えていく。マサキの詮索に嫌気がさしたのかもしれないが、理由としては弱い。なぜ彼女が彼から遠ざかったのか、作中では明示されない。何らかの事情があるとしても、知らせもなしに訪問を止めたとすれば、彼女の恋心は深いものではないし、重病人の恋人と会わない理由があるのなら、それを描かなければ読者は消化不良になる。

彼女の不在とともに、恋心と彼自身の生命力も失われていく。

けれども、彼はそれを、もう大して淋しいとも思はなくなつて居ました。かへつて、それを淋しいとも思はなくなつた、自分の気持を淋しいと思ふのでした。彼女に対する焔も次第に消えようとして居るのでした。（4）

マサキの生への意欲の減少がソフィアを遠ざけたとも、彼女が遠ざかったことが彼の生の意欲を減少させたとも言える。彼は「彼女に対する焔も次第に消えようとして」、彼女の不在を「淋しいとも思はなくなつた、自分の気持を淋しいと思ふ」ようになる。ここには、自分の感情を見るもう一人の自分がいるが、それはあきらめの中での弱さに通じている。

この後、彼は自閉的な葛藤に陥る。

――いや、彼女ばかりではない。宿の主婦も下婢も、窓も暖炉も、世の中の凡ては、自分と関係がなくなつて了つた様に見える。自分は死んでもそれ等はやはり存在して居る。さう考へると、無暗にたまらなくなつて、先頃迄はよくそれ等を打ちのめしてやりたいと思つた。が今では、それだけの気力さへなくなつた。凡ての焦燥のあとには、ただ真黒いどろ〱した、人生の沈殿物だけが自分に残つた様だ。あらゆる感情は自分に於てすつかり化石して了つた様に見える。………（4）

「凡ての焦燥のあとには、ただ真黒いどろ〱した、人生の沈殿物だけが自分に残つた」や、「あらゆる感情は自分に於てすつかり化石して了つた」などの表現は、「過去帳」や「北方行」に登場しても違和感はない。が、それらは「狼疾」のような自意識過剰の心情と言うよりも、病気による気力・体力の減少が原因であろう。そして、彼のそのような心情は、「放浪」癖にもよろう。

夜毎彼の部屋の窓の下を、支那の少女が下手な胡弓を鳴らして過ぎて行きました。それを聞いて居ると彼にも矢張、放浪の旅先で病気になつた誰でもが感ずるたへがたい郷愁が襲ひ出しました。彼の眼の前に青白く日本の風物が浮んでくるのでした。だが、自分のまぢかく迫つた死に就いて考へる時、故郷の幻影も忽ち打ちこはされて了ふのでした。（2）

理由は書かれないが、彼にとって日本は帰れない場所のようである。「たへがたい郷愁」も「まぢかく迫つた死」によって、「故郷の幻影も忽ち打ちこはされて了ふ」。彼には、帰国という選択肢はないようである。彼は、伝吉（「北方行」）と同類の人間かもしれないが、違うのは病気に苦しみ、死と対峙していることである。

―ZZ　Z　U……ZZ　U　ZZ……
人をひいた車輪のきしむ様に、断続して起つてくる音をききながら、彼は彼の肺の気泡の一つ一つを噛みくだきたい自棄的な欲望にかられました。
―どうすればいいんだ。自分で自分のからだが死んで行くのをじつと見て居ろといふのか。―
彼は髪の毛をむしりながら、ベッドの上を輾轉とします。（2）

続いて作品の最終場面で彼は血を吐き、死が暗示される。

彼は何気なく、身を起して枕頭の牛乳の瓶をとらうとしました。と其の瞬間です。急に頭がぐら〱し、眼の前が一時に白く光り出したかと思ふと、忽ち、胸の奥に不快なむずがゆさとなまぐささとを感じて、どうと倒れながら、真赤な塊りを吐き出しました。（4）

「急に頭がぐら〱し、眼の前が一時に白く光り出したか」や「どうと倒れながら、真赤な塊りを吐き出しました」などの描写は印象的である。異境での孤独な死は中島の作品では珍しいものではないが、習作から描かれている点は注目される。ただマサキの場合、虎に変身した李徴や捕虜となった李陵たちと比べて、帰国は可能の範疇にあり、「放浪」の行き詰まりとして、死が設定されていると考えられる。

五

以上見てきたように、この作品は、主人公（マサキ）の旅先での恋愛と死を描いている。ハルピン、肺病、謎のロシアの恋人など、類型化されたイメージや設定かもしれないが、マサキの心情や病状に関する描写は印象的である。次のような心情描写は、「過去帳」や「北方行」にありそうだが、より幻想的である。

彼は近頃よく変な夢を見ます。その夢の中で彼自身が一箇の流星になつて、無限の宇宙へ転落するのです。そんな時彼は大声をあげて、何者かに縋らうとします。けれど、何も手にふれるものはありません。ただめぐるしい速力で、彼自身は白く燃焼しながら、無限の転落を続けるのです。（3）

「過去帳」に見られる、「だ」調を中心とする表現と比較すれば、「です・しました」調には柔らかさがあり、より幻想的で淡泊な感じがある。同様に、作中には印象的な情景描写もある。マサキは病床中心の生活のため、窓の外をよく見る。恋人のソフィアも、外での事件や様子を話したり、彼に窓外を見るように勧める。

次の場面は、肺のレントゲン写真――「蝕ばまれ、腐敗した海鼠の如く、崩れかけて居る・肺臓」――に苦悩していた彼が恋人を思い、外を見る場面である。

―何といふ恐ろしさだ。こんな時に、彼女がくればいい。―

さう思ひながら、彼は、窓を透して、遥か下の方で冷えた夜光の下に、ポッと赤く上気した街々を眺めまし

た。　（1）

病人の暗い想念に対して、夜の街は「遥か下の方で冷えた夜光の下に、ポッと赤く上気した」と描かれる。彼やソフィアの視線が、内部（肺病）の腐敗から外へ向かうのも自然だし、見ることは生への意欲を促している。

ラッセルの音を聞く度に彼は思ひます。
—何故早く死んで了はないんだ。
だが夜、窓のカーテンを引いて、街の明るい灯を眺める時には彼は思ひます。
—いやだ。どうしても死ぬのはいやだ。　（3）

「ラッセルの音」が死を、「街の明るい灯」が生を呼ぶ。同じく、「死んで了はないんだ。」と「死ぬのはいやだ。」の相反する表現が、「思ひます。」「思ひます。」の繰り返しを挟んで対比される。彼は死と生の狭間で揺れているが、死と生の拮抗が恋人の消失や病気の進行、そして季節（冬）の進行によって、死へと傾いていく。

冬はますますその青い刃物の様な寒さを加へて行きました。シベリヤから吹いて来る風が凄い勢でアカシヤの枯木立を鳴らし、家々の窓硝子を震はせ透明に張り切つた北満州の空に駆け抜けて行きます。　（3）

どこかメルヘン調でもあるが、大陸の厳寒を知らない者には書けない描写であり、その後、「彼は次第に凡てに興味を失ひかけました。本を読まなくなり、外を眺めることも稀になり、宿の人と話をすることは、殆どなくなりました。」と続く。

ソフィアが与えていた「火」（生命力）は、彼女の不在や病気と冬の進行より失われ、彼は外の景色を見ることもなくなる。マサキの内面や病気の描写が、ハルピンの街やソフィアを飲み込み、作品に喪失感を漂わし、喀血による死の暗示となる。生の輝きの喪失や苦悩の存在が叙情的に描かれ、死がマサキと作品を覆いつくしていく。[12]恋愛（生きること）よりも生への意欲を失った主人公を描くことになり、作品はロマンとしては完成しない。

中島は「ある生活」・「喧嘩」・「女」と多様な作品を描く。彼なりの模索や計算の結果であろう。ボツになった「女」の対極に、現実感のある「喧嘩」があり、その中間に「ある生活」が位置していたのかもしれない。だが、投稿作品「女」のボツや「喧嘩」の好評[13]によって、中島は「下田の女」や「ある生活」のような〈女（恋愛）の世界〉から離れていく。

注

（1）中島の友人・釘本久春氏は、投稿された作品について、「難を云へば、君には筆の走り過ぎる嫌ひはないであらうか」と批判をしている。断定はできないが、投稿作品「女」のボツから推測して、他の二作品よりも「女」は質的に落ちるのだろう。その他、「女」については不明である。

（2）鷺只雄『中島敦論――「狼疾」の方法――』（有精堂　平成二年五月）

（3）川村湊『狼疾正伝』（河出書房新社　平成二十一年六月）

（4）中島が褒めていた高見順の初期作品（「校友会雑誌」掲載のもの）には、恋愛の具体的描写があった。「下田の女」同様「ある生活」でも、中島は「恋愛」が描けていない。それは街の描写と同様、彼には書くべき、また書ける「恋愛」がなかったからではないか。それは中島の想像力とも関係する。彼の代表作の多くが原典を持つということは、彼の創作方法や想像力の型を示している。中島は、谷崎潤一郎のような自由奔放な想像力を駆使するタイプではないし、何よりも谷崎には豊富な恋愛体験があった。

（5）玉村周「中島の〈時代〉――横光利一を視座として」（『中島敦』双文社出版　平成四年十一月）

（6）佐々木充『中島敦の文学』（桜楓社　昭和四十八年六月）

（7）注（3）による。これは「下田の女」でも同様であり、対して中島の居住地であったソウル（「巡査の居る風景」）の描写は、より具体的で印象的である。

（8）濱川勝彦『中島敦の作品研究』（明治書院　昭和五十一年九月）

（9）奥野政元『中島敦論考』（桜楓社　昭和六十年四月）

（10）当時の大連には、ロシア人が少なからず在住していたが、定住者でない中島にとって、若いロシア女性との出会いや交流は、そう多くはなかったろう。

（11）「断片三」では、療養所の風呂場で、「さうすると、もう病気が治つたといふ気持が、春が近づいたといふ事実と共に今更の様に考へられるのであつた。」とある。

（12）ここから連想されるのが、「過去帳」の主人公たちである。「過去帳」（「かめれおん日記」）には、「死」の雰囲気が濃いとの濱川勝彦氏の指摘がある。

（13）「喧嘩」の好評を示す一つに、友人・釘本氏の「批評」（「校友会雑誌」同号・巻末）がある。次章「喧嘩」を参照されたい。

四　「喧嘩」

一

「喧嘩」（全二章）は「校友会雑誌」（三一九　昭和三年十一月）に、「ある生活」とともに掲載された作品である。前作の「下田の女」や「ある生活」のように、若者の旅先での出来事や恋愛ではなく、千葉県鋸南町在住の中年女・おかねと家族との喧嘩の様子（一章）と、彼女の家出の顛末（二章）が描かれている。

前作とは違う世界を描こうとの思いや「下田の女」の軽さの反省が、生活感のある庶民（おかね）の世界を造型させたのだろう。作品の評価もおおむね好評で、「校友会雑誌」同号巻末の「批評」では、「『喧嘩』は、心理的な素材を短編的に生かし、心理描写に於て平易明快な態度といひながら浅薄に陥らなかつた点に於て、誠によき作品である[1]」とある。また、濱川勝彦氏は「日常の語り口を生かした写実的な文体[2]」とし、それまでの軽い文体からの変化を指摘する。同様に佐々木充氏も「軽いスケッチふうのものではあるが、いわゆる正統的な客観的写実の骨法を捉える試みということは十分云いうる[3]」とし、鷺只雄氏は「素材は重く、シリアスなものであるが、中島はそれをユーモラスに描いて」、「人間把握に厚みが増し、それをたじろがずに使いこなしている[4]」と評価する。

おかねの行動をユーモラスに描きつつも、シリアスな素材（家庭内の喧嘩）の底に貧困や人間の暗さがあり、描写のリアルさとともに、その後の社会批判的な作品――「巡査の居る風景」・「D市七月叙景」――へと繋がっていく。

だが、この作品は短編という制約はあるにしても、主人公の内面をとことん追求し、人間や社会の悪を十分に描いている訳ではない。「下田の女」の「浅薄」さや軽い文体から脱したとはいえ、おかねと家族の造型や描写に深みや社会的視野がない点に、この作品の限界がある。

以降、「喧嘩」の特色を考察する。

二

「喧嘩」の舞台は、千葉県安房郡鋸南町――このあたりは前年、中島が結核性の湿性肋膜炎の療養のために滞在していた――であり、時期は昭和の初め頃としても違和感はない。

主人公のおかねは漁師であった亭主が死んだ後、病気の息子・貞吉を抱え、苦しい生活を送っていた。貧しい一家にとって、働き手の病気は重い問題である。しかも貞吉の病気は腹膜炎で、「少しも病人らしい所がなかつた」（一）。一家の喧嘩は、働きもせず寝ている息子をめぐって、おかねと嫁の「とり」や姑、そして娘の「さと」との間で起こる。おかねが病人故の暮らしの厳しさを愚痴ると、嫁は夫に代わって働いていると抗弁する。それが癪にさわったおかねは、自分も日雇いの仕事で働いていると反論し、嫁姑の対立が激しくなる。

貞吉は病気だといつても、見た所、どこが、どう悪いのだか分からない。こんなのを遊ばせて置くのは不経済だ。それはまあそれとして、とりは自分が働きに出るのを大変自慢にして居る様だが、自分だつて大抵はどこか、女中になつてかせいで居るではないか。

さういつて、おかねは嫁にくつてかかる。そこへ貞吉の祖母が出て来ては、嫁に味方しておかねを叱る。おかねは、ますます猛り立つてくる。其の中に貞吉の末の妹の十二になるさとが帰つて来て、生意気に兄に同情する。おかねは怒つてさとを殴りつける。嫁がこれを止める。さとが泣き出す。……かういつた喧嘩が屡々くりかへされるのであつた。（一）

このような喧嘩は、貧困に苦しむ家庭に起こり得るものだろうが、すべての家庭で生じる訳ではない。おかねの現状への焦燥も分かるが、息子の病気への彼女の無理解さや短気さによって、喧嘩は起こる。しかも、嫁・姑・娘たちが息子の味方となり、おかねは孤立してしばしば過熱する。この時は息子の反論――「俺だつて何も贅沢でねてるんでねえだ。」――もあり、おかねの感情は激していく。そんなおかねに家族は反発し、祖母は次のように言う。

お前も親なら、も少し貞吉をかあいがつてやつてもええでねえか。とりも働くんだし、何も食へねえんでねえから貞吉一人ねかしといてもええでないか。（一）

娘のさとは「『またか』といつた様子で、意地の悪い冷やかな笑を浮べ」、おかねは「かつとなつて、物凄い目でさとを睨みつけ」、「顔を真赤にして、二人を罵」る。対して二人は「おかねを情しらずだ」と言い、「倅が死んでもええのか」という姑の問いに、おかねは「ええとも、ええとも。」と「今にも泣きだしさうになりながら続け」、次のように答える。

――みんな死ぬがええだよ。ほんとにおい一人が心配してりや、みんなよつてたかつて、おいをいぢめて……。（一）

売り言葉に買い言葉のレベルだが、おかねには家族への愛情よりも、自己中心的な被害者意識が強い。続いて、嫁は次のような言いがかりを付ける。

―おつかあは妬けるでねえのか、おいと旦那（房州の方言、自分の亭主のこと）と、仲がいいで妬けてるでねえのか。さうでなきや、こんなこと、いつも言ふ筈がねえ。ほんとにいい年をして、……　（一）

おかねは夫の死後情夫を持っていたが、「此の春、他の若い女にとられて了つた」。嫁にこのことをあてつけられ、「ほんとに殴り殺してやりたい」とまで思う。だが、このあたりの女の情念はおかねの単純な性格もあってか、深くは描かれない。

この喧嘩の後、彼女は自分の無思慮さを棚に上げて、家族への憎悪や先行きの不安、そして家族からの孤立感などで夜中苦しむ。

以上のように、一章では思慮のあまりない中年女の心理を描いていて、その是非は別としてリアリティがある。

三

第二章では、翌日の彼女の家出とその顛末が描かれる。

彼女の家出は朝早く決行されるが、実のところ前日までの怒りは薄れている。

けれども根が人の悪くない彼女のことで、その前夜の烈しい怒りはもう大部分消えて居た。併し、口惜しいことは口惜しい。それに、昨夜あんなに怒つておいて、今更、何にもしないで、ひつこむなんて、体裁が悪いではないか。だから、とにかく何とかしてやらなくてはならないと思つた。そこで彼女は着物もそのまま、そつと気づかれない様に外へ出たのである。一つ何処かへ隠れて心配させてやらう。（二）

怒りの大部分は消えていたのに、「何にもしないで、ひつこむなんて、体裁が悪い」との見栄もあり、「暫く家にかへらないで居て」、「何処かへ隠れて心配させてやらう」と、金も持たずに家を飛び出してしまう。そこには家出したら皆が心配する、自分には価値があるとの思いがある。

おかねはしばらく山の松林にいたが、山下の線路を見ているうちに小さいときに育てた東京在住の姪を思い出す。東京に行くために、昔の奉公先に汽車賃を借りに行くと、金を貸さないようにと祖母が先回りしていた。仕方なく彼女は別の家に行き、塩せんべいを「ばり〱嚙つ」て笑われながらも、世間話で時間つぶしをする。普通、家出中に知人の家でせんべいをばりばり齧りながら、世間話はしないだろう。このあたりから滑稽感が生じ、彼女の人の良さや日中の仕事（日雇いの仕事）が大したものではないことが分かる。

彼女がその家を出たのは、夕方の五時頃である。

もう家へ帰らうとも思つた。が彼女の中のもう一つの気持がそうさせなかつた。いくら腹は空いても、帰るのはまだ業腹であつた。併し空腹はしきりに彼女の気を弱くさせようとして居た。そこで彼女は、また前夜の喧嘩を思ひ出すことによつて、其の憤りを再び新にする様に努力しなければならなかつた。帰るとあいつ等に負けたことになるんだぞ。さう考へて、おかねは再び朝登つた山の方に向つた。（二）

家に帰りたいのだが、「帰るのはまだ業腹」だと思い、家出を続行する。だが、「空腹はしきりに彼女の気を弱くさせ」る。そこで「前夜の喧嘩を思ひ出すことによつて、其の憤りを再び新にする様に努力」する。「帰るとあいつ等に負けたことになる」などは、子供の喧嘩のようだが、違うのは大人でありながら、家族＝「あいつ等」を味方でなく敵だ、かつ負けたくないと思っていることである。やがて彼女は、睡眠不足から眠ってしまう。

（二）

目覚めたのは八時頃であつた。其の時彼女が真先に感じたのは、鈍い下腹の痛みであつた。腹の極度に空いた時、誰でも感ずる変な腹部の感じであつた。実際、もう意地も我慢もなかつた。早速起き上ると、大急ぎで山を下り始めた。

いくら六月近い頃とはいえ、山中での睡眠は身体に良くない。意地でがんばっていた彼女も「鈍い下腹の痛み」に耐えられず、ふらふらしながら家に帰る。それでも彼女は、次のように思う。

（二）

―家がよくつて帰つたんではない。腹が空いたから、仕方がないんだ。嫁や母に負けたんぢやないんだぞ。―と、よく自分に云ひきかせながら、おかねはそつと裏から這入つて行つた。

「腹が空いたから、仕方がないんだ。」とは理屈にもならないが、「嫁や母に負けたんぢやないんだぞ。―と、よく自分に云ひきかせ」とあるように、嫁たちへの対抗意識が強い。ここには、家族に対する信頼や愛情は感じられない。

同じように、嫁や母は帰ってきたおかねに対して、

下駄の音に中に居た二人は、ギヨロリとこちらを見た。二人とも黙つて居た。ほやの欠けた五燭の電灯の下に、勝誇つた四つの眼が冷たく光つた。（二）

「ギヨロリとこちらを見た」や「勝誇つた四つの眼が冷たく光つた」などは、おかねを暖かく迎えたものではない。そこにはおかねの家出を心配した気配はなく、嫁たちの冷たさが感じられる。

おかねはそれを見ないふりをして、大急ぎで台所にとび込んで、いきなり鍋の蓋を取つて見た。小鯵の煮たのが三つ四つころがつて居た。おはちにも彼女の食べるだけは、はいつて居た。
—帰るに違ひないと思つて、取つといたんだな。畜生、負けたんだ。—
此の考へが少し彼女を不愉快にした。が、今はそんなことを言つて居る場合ではない。おかねは、左手に飯を掴んでほおばり、右手で小鯵を取つて、頭からぼり〳〵と囓り始めたのであつた。（二）

残されていた小鯵やご飯に、おかねは「帰るに違ひないと思つて、取つといたんだな。畜生、負けたんだ。」と思い、「不愉快」に思う。彼女の帰宅は歓迎されたものではないが、少なくとも彼女の夕食分は残されていた。彼女が帰るので取っておいたとおかね自身推測しているが、その通りであろう。

彼女は空腹のあまり「左手に飯を掴んでほおばり、右手で小鯵を取つて、頭からぼり〳〵と囓り始め」る。いくら空腹とはいえ、格好のいい姿ではない。これを「笑いの要素をも含み込まれている(5)」姿と取るか、自尊心を失く

して食欲がすべてのような姿と取るかは、判断の難しい所であろう。

かくしておかねの家出は終わり、作品も終了する。家出の顛末を子供のようで滑稽だと見るか、おかねと他の家族の間に冷たいものを感じるか。多分、読者は両方を感じるだろう。中島もそれを狙ったのではないか。おかねの行動・心情とともに、彼女と家族との関係が読み所であろう。

喧嘩を繰り返すおかねに、家族は愛想を尽かしている。口論の最中の家族の描写——例えば、娘のさとの「『またか』といった様子で、意地の悪い冷やかな笑を浮べ」るなど——や、最終場面の嫁たちの勝ち誇った冷たい眼の光などから、家出の心配よりもおかねへの軽蔑感が強い。かつての奉公先に汽車賃を渡さないようとの依頼も、それ以上おかねの居場所を捜さないことを考えると、当人のことよりも、東京に行ってしまうことへの世間体を考えたのかもしれない。

それとも家族の冷たい眼は、おかねの被害妄想によるものか。元々彼女は無教養で短気ではあるが、「根が人の悪くない」性質であり、若かった時には働き者で、姪を小さい時から育てたなどの美点もあった。だからおかねは家出時に、家族以外の人々からは暖かく接して貰えるのだろう。が、体力の衰えや情夫を若い女に取られてからは、おかねは愚痴っぽい女に変わった。息子への愚痴も嫁たちへの口論も、家の中を暗くするだけである。仮に貞吉の病気が治れば、おかねの不満は一端は収まり、喧嘩は無くなるかもしれない。だが、貞吉の急速な病気回復は難しい。おかねと嫁たちの反目は続き、冷たい眼が存在し続けるのではないか。おかねの愚かな行動や心情によって、家族の孕む弱さや脆さが浮かび上ってくる。

この作品では、人間の持つ弱さや感情による裂け目が、家族という〈場〉において描かれている。だが、おかねへの、そして家族相互の関係への深い追求や社会レベルからの視点はない。

四

「喧嘩」の執筆は昭和三年で、中島が十九歳の時である。作家志望で色々な人間を描きたいとの思いから、庶民の中年女を主人公にするとしても、モデルが身近にいなければ書きやすい対象ではないし、中年女の心情が青年に分かりやすいとも思われない[(6)]。

そういうハンディを考慮すると、「喧嘩」は成功していると言える。前作で中島は、東京から離れた下田やハルピンを描いたのと同様に、千葉での療養中にその土地や人々を観察して[(7)]、その見聞を基に造形したのだろう。その結果、主人公を若者から中年女へと変えることで、「下田の女」や「ある生活」のような世界から離れている。「校友会雑誌」の一高生の読者たちに対して、未知の地や自分たちと遠い人間（片田舎の貧しい漁師たち）を描くことは効果的であり、作者の力量を示す。

だが、そういう点で評価されるとしても、生動する「人間」や濃密な人間関係を描くという点では強くない。おかねの内省のない行動は滑稽だとしてもそれだけでは弱く、家族の不和も社会という視点で考えれば、別の展開（掘り下げ）も可能であったろう。

つまり「喧嘩」で、中島は中年女の生活の一場面を描いたが、深く人間や家族（社会）を描いたとは言い難い。短編という制約はあるものの、人間のエゴイズムの面ではそれほど主人公たちの心理を深めていないし、良質のプロレタリア文学のように、社会悪や弱者の悲惨さまで筆が及んでいる訳でもない。

滑稽なおかねの狭い人間像や生活、および家族の反目や冷たさなどを描いただけでは、一般読者の共感は得にくく、感動を呼ぶには力不足である。より視点を広げ、人間の内面や社会にもっと踏み込む必要がある。次に登場するのが「巡査の居る風景」や「D市七月叙景㈠」であるのは、自然なことかもしれない。

注

（1）評者は中島の親友・氷上英廣氏。彼は文芸部委員であった。
（2）濱川勝彦『中島敦の作品研究』（明治書院　昭和五十一年九月）
（3）佐々木充『中島敦の文学』（桜楓社　昭和四十八年六月）
（4）鷺只雄『中島敦論――「狼疾」の方法――』（有精堂　平成二年五月）
（5）注（3）による。
（6）中島の周辺の中年女と言えば、継母たちの存在が思い浮かぶ。おかねと継母たちを結びつけるのは問題があるとしても、執筆の際に参考になったろう。
中島と継母たちとの不仲は、友人たちに知られていた。中島は「断片二」（昭和八年頃執筆）で、事実はともかく、継母との喧嘩を次のように書いている。

十二日、二三日来の続きをやるつもりでゐた所、起きるとすぐ、オフクロの咆哮によつて気持が滅茶苦茶にされて了ふ。喧嘩のためにけんくわを売つてくるんだから、とても、敵はない。全く、事を好むこと、かれが如きも少なからう。何しろむやみと乱暴で気が強くて、少し自分に気に入らないことがあると、直ちに噛みついてくるのだからどうにもやりきれない。（中略）

とにかく、あの女の、考への中には、驚くべき、物質崇拝の精神がすみのすみまで行渡つてゐる。

継母との口論は、「喧嘩」創作の際、役に立ったと想像される。
（7）中学時代の友人・伊東高麗夫氏の回想に、「彼は当時から作家志望であり、何でも勉強しようという意向からか、いわゆる下層階級の人達についても勉強、あるいは観察していたようです。」とある。高校生時代も、同様であったろう。

「興味ある存在、中島敦」（『中島敦・光と影』新有堂　平成元年三月）

五　「蕨・竹・老人」

一

「蕨・竹・老人」（「校友会雑誌」三二二　昭和四年六月）は、「巡査の居る風景」とともに、「短編二つ」と総題を付され発表された。「下田の女」（昭和二年十一月）に続いての伊豆ものである。[1] 作品（全十章）は、「東京の塵と埃との間に長く住んで居た私」（二）の天城での一ヶ月半の見聞を記したもので、題名のように〈蕨・竹・老人〉を中心とし、土地の老人・甚さんの不幸を描きながらも、伊豆の風土の明るさと相俟って牧歌的な雰囲気を醸している。

だが、中島の「これは毒消しだ」との言葉[2]からも推測できるように、「蕨・竹・老人」と「巡査の居る風景」の二編は、「当時の官憲への配慮とともに、コンビネーションの効果を好む彼の傾向のあらわれ」[3]（濱川勝彦氏）であり、評価としては、社会性や登場人物たちの内面描写の厚みから「巡査の居る風景」の方が高く、「蕨・竹・老人」は「巡査の居る風景」の付け足しのように見られがちである。

確かに、老人の甚さんが人妻との不倫の結果、急激に老いる不幸は、「自然主義においてさんざん繰り返された陳腐なテーマ」[4]（鷺只雄氏）であり、しかも語り手の「私」が旅人であるため、作品が深みのあるものになっていない。つまり、オムニバス風という作品構造の弱みとともに、語る者（旅人の私）と語られる者（天城の甚さんたち）

の関係の弱さがある。（この点は「下田の女」とも通じる。）

前作の「喧嘩」では、一庶民（おかね）の喧嘩や家出による顛末を描き、中年女の内面や喧嘩の描写にリアリティがあった。「巡査の居る風景」でも、主人公（趙）の置かれている状況や内面がよく描かれていて、語り手は主人公に寄り添っている感がある。「蕨・竹・老人」では、甚さんの造型にもっと力を入れてもいいのに、彼の内面描写はほとんどなく、語り手に眺められる存在にすぎない。

語り手にしても、「オールド・カスパー」の甚さんに憧れを持っていたが、甚さんの不倫に動揺し、嫌悪感から距離を取る。その後、甚さんの老残の姿を見て心を動かすがそれだけであり、旅の後でも、東京で彼を思い出し憂鬱になるだけである。「巡査の居る風景」ラストシーンの趙の号泣と比べると、語り手の「私」は、心が揺れるだけで激情の発動はない。

以上のように、語り手と語られる者の関係が希薄で、かつ作中に見るべき事件もないのであれば、伊豆の自然描写が美しくても読者の胸に迫らない。それではこの作品は、中島の言うように「毒消し」にすぎないのか。「蕨・竹・老人」は、中島が文芸部委員になって（昭和四年四月）からの作品であり、彼としては力を込めた作品であろう。

それを示すものの一つとして、作品構成の工夫がある。甚さんの描かれた章は三・五・六・八・十章で、間の四・七・九章は情景描写を主とする。各章の雰囲気は、明─暗─明─暗と交互に変わって対比的に構成されている。より具体的に言うと、三章は「私」による甚さんの紹介が、五章は甚さんとお光の密会が、六章はお光の夫・伝吉の死が、八・十章は甚さんの子供の病気と死、そしてお光の出奔が描かれる。対して、情景描写中心の四章は谷の風景と浴場での若い女性たちが、七章は伊豆の自然の美しさと竹藪の中で過ごす「私」が、九章は海岸の風景が描かれる。

その他、中島はこの作品で、どう工夫し力を込めたのか。以降、この作品の特色を考察する。

二

作品は、伊豆にやってきた「私」が自然を満喫する描写から始まる。


　東京の塵と埃との間に長く住んで居た私には、此の土地の和やかな風景が大へん嬉しかつたのです。

「少しいゝ気持になり過ぎて居るかな。」と私は自分のことを苦笑しました。

「まるで、子供ぢやないか。これでは。」

　そして、うか〳〵と一月半ばかりを其処で過して了ひました。（一）

このような調子で、作品は進んでいく。二章で自然の美しさに満足する「私」が描かれ、三章で「私」は散歩の途中で甚さんを見かけ、イギリスの詩集の挿絵の老人――オールド・カスパー――を連想する。

「いい顔だな。」と思つたのです。「あんな安らかな顔はとても都会では見られない顔だ。」私はすつかり喜んで了ひました。（三）

甚さんの「老後の静境」に、「私」は感動を覚える。美しい伊豆の地に理想的な人物がいる。人間と自然の調和に「私」は心を動かし、満足感はピークを迎える。だが、独り身を通していた甚さんが人妻のお光と怪しくなる。宿の女中によれば、お光は「四五年前、南の方から此の村に流れ込んで来たもので、二三年前に伝吉といふ自分より年の若い土地の百姓を亭主にした」女であり、甚さんとの交際は「伝吉さんの病気のため、甚さんの所に金を借りに行つた時から始まつた」(五)らしい。

そんな話を聞いた四五日後、「私」は偶然、二人の密会を見てしまう。

(前略)しばらくして、其の女はもとの空のまゝの瓶を下げ乍ら出て来たのです。と、其のあとからあわてゝ甚さんがとび出して来ました。そして「待て。」と声をかけてその瓶を女からひつたくつて地面に叩きつけると、女の肩をぐつと掴んで野獣の様に息をはずませながら、傍の納屋の中に女の身体を(自分の身体と一緒に)投げ込んだのです。[5]…………　(五)

生々しい甚さんと女の密会を見て、「私はいきなりみぞおちのあたりをドンと突かれた様な気がし」て、「一散に山を駆け下り」る。甚さんの「野獣の様」な姿に、「私」は「今後当然起つて来るに違ひない村の人々の悪口や排斥」を、そして「相手が瀕死の病人の女房」であることを思い、「此処にも、また。」と衝撃を受け、「もう、なるべく、甚さんを見ないやうにしよう。」と目をふさぐ。学生の「私」にとって突然の出来事であり、むき出しの性の存在が、甚さんからオールド・カスパーの面を剥がす。

その一週間後、お光の夫の伝吉が病死し(六)、続いて甚さんの下の子が病気になり(八)、すぐに死んでしまう(十)。そしてお光は、「風来者と手を取りあつて何処かへ逃げて了」(十)う。かくの如き不幸の連続は、甚さんにとって衝撃的な事件の連続であった。しばらくして彼を見かけた「私」は、彼の変わり様に胸を打たれる。

どこかかう、生気のない様子で、考へるともなく何か過去つた事でも思ひ浮かべて居るとでもいつた風に歩いて居ました。古い云ひ回しですが、一時に十年も年をとつた様に見えるのです。久しくあたらないと見えて、胡麻とも白とも黄色ともつかないよごれた髭が顎を埋め、いつか険しく飛び出した顴骨のあたりには汚い泥の様なものがへばりついて居る……そして、その眼は―穏やかに子供達の遊ぶのを眺めて居たあの眼は―さう、其の眼にも今はやにが一杯溜つて、今桜の葉を洩れてチラ〱射して来る五月の陽の強さに堪へられないといふ風に、しよぼ〱しばたゝいて居るのです。（十）

甚さんは理想的な老人から、「よごれた髭が顎を埋め、いつか険しく飛び出した顴骨のあたりには汚い泥の様なものがへばりついて居る」、醜い老人に変貌している。自業自得とはいえ、それは悲しいことである。

宿の女中の話や「私」の見聞で事件は語られるのだが、村人にも尊敬されていた老人が流れ者の人妻と不倫し、不倫相手の夫と自分の子供が死に、女は若い風来者と村から逃げ出す。手を出したのはお光からだと女中は言うが、甚さんは分別を持つべき立場（村有数の物持ち・五十過ぎ）であり、責任の大半は彼にある。

その後、「私」は嫌気がさしたのか、東京に帰る。が、東京のごみごみした家並みに「私」は憂鬱になり、明るかった伊豆を思い浮かべる。

夏蜜柑、蕨、竹、畑、渓。

「それから、」と私は続けます。「あのOld Kasperは。」

私はふつと再び憂鬱になつて、吸いがらを隣の屋根の上に投げすてゝ、ペッと唾を吐きだすと、甚さんのことを考へるのです。その生涯の不幸に偶然私が行合はせたあの老人のことを。そのくせ、直接には一度も話し

をしたことのなかつたあの老人のことを。（十）

「私」は甚さんを思い出す。美しい自然や牧歌的な人々の生活、そして荒々しい性の存在。理想的な老人と見えた甚さんと、痴情に襲われ不幸になった甚さん。「私」は憂鬱になり、作品は終了する。

「私」は都会生活に疲れた人物であり、オールド・カスパーの甚さんの穏やかさは価値があった。が、都会と田舎の負の面の共通点として、性や不倫がある。「私」はそこから目を背けるが、背けるだけ甚さんと「私」の内面描写は深まらず、作品は生動しない。この作品で訴えたいものが、伊豆の美しさや甚さんの不幸、そしてユートピアの崩壊だとしたら、作品の魅力としては乏しい。

三

この作品で他に注目すべきものとして、細かな自然描写がある。題名にもなった蕨の描写を、次に引用する。

或日、私は宿の後の山路でぜんまいや去年の枯れた薄などの間に、白い毛に包まれた小さな握り拳を見つけました。それがわらびだといふことは私にもすぐ分りました。

（中略）

それから私は毎日そこへ来て、彼等の成長を見るのを楽しみにしました。

彼等もまだ小さい中は頭からスツポリと毛を冠つて、恥づかしげに、みんな一つ所によりあつて頭を下げたまゝ、何かひそ〳〵と話しをして居るのです。所がそいつらも暫くすると、急にコブラの様に頭を擡げて、まるで眼でも付いて居るかの様に四方を見回し初めます。そして、其の毛の帽子の横つ腹が少しうすれて禿げてくると、成程、そこから小さな青い眼が出てくるのです。が、その眼玉が段々大きくなつて、到頭冬帽子の下から飛び出すと、今度は、幾重にもかじかんだ鸚鵡のくちばしに似た子供の葉つぱが遠慮がちに這ひ出して来るのです。そして其の頃には、もう下の方の毛織のストッキングもすつかり脱げて飴色をしたゴム管の様に健康さうな足がすつかり現はれて居るのです。

（中略）

彼等の成長を見て居た私はつい、嬉しくなつて、東京の友人に手紙を書いてやりました。

―君は、―ずつと東京に育つた君は―蕨の原始的状態を知らないだらう？　実に愉快な奴なんだよ。蕨つて奴は！　へんに威張つてるくせに、中々はにかみやなんだ。一つ、ひつぺしよつて、パイプにでもするかな、と思ふけれど、いや、それよりは、此奴は遊び相手にする方がいゝんだよ。子猫でも連れて来て、白い毛に包まれた小蕨とふざけさせたら、………

（二）

「みんな一つ所によりあつて頭を下げたまゝ、何かひそ〳〵と話しをして居る」などの蕨の擬人化があり、その生長の過程を童話風に表現している。また比喩として「毛織のストッキング」のように当時の風俗を扱ったり、「毛の帽子の横つ腹が少しうすれて禿げてくる」のようにユーモアのある表現も多く、友人への文章も書き手の喜びが伝わるものである。まだ接続詞の多さなどの新感覚風の表現はあるものの、「派手なけばけばしさはなくなり、奇異をてらわず、後年の文章に見られる気品と落ち着きがでてきて」[6]（鷺只雄氏）いる。

同様に七章では竹藪の情景や、そこで聞いた唱歌などののんびりした田舎の様子を、落ち着いて描いている。また、少女たちの入浴に対しても、雨上りの峡谷の白い空気の中に、健康さうな全裸の少女の身体が朗らかに笑つて居る。牝鹿の様に健やかに、雨に打たれたキャベツの様に新鮮に………

見て居た私迄も思はず両手をふりまはしながら危く歓声を立てる所でした。　（四）

という反応を示す。「身体が朗らかに笑つて居る・雨に打たれたキャベツの様に新鮮に・両手をふりまはしながら」などの明るい描写は、蕨の場合と似ている。ただ、この場面は川端康成の「伊豆の踊子」（大正十五年）を連想させ、「二番煎じの感があり、インパクトに欠ける」[7]（鷺只雄氏）のは仕方がない。

逆に、暗いものとして甚さんとお光の密会の描写があるが、彼らの不倫は具体的には描かれない。また、事件の後の甚さんの描写（十）も悲惨さを刻み込むようなものではなく、お光の夫の葬儀（六）にしても同様である。

一週間ばかり経つたある雨の日の午後、郵便を出しに行つた私は、その帰りに、つゝましやかな葬列が山の方から静かに下りてくるのを見ました。棺について三十五六と見える女がうつむいて歩いて行きました。街道のしつぽりしめつた砂に硝子のかけらが小さく光つて居るのを踏みながら、珍らしく紋付をつけた会葬者が四五人。淋しい葬式でした。葬列は小雨に濡れながら、街頭を三丁も進むと左に折れて墓地の方に曲つて行きました。　（六）

不倫妻による夫の葬列であるから、会葬者たちに不穏さやお光に葛藤があっても不思議はないのに、そういう雰囲気はない。「ある雨の日の午後」の「つゝましやかな葬列」にふさわしい描写ばかりで、人々の愛憎は描かれない。

まとめてみると、この作品には構成の工夫や文体に品格がある。後者について言えば、蕨や竹藪などの自然描写に見るべきものがあり、全体的に描き方が奇異をてらわず、落ち着いている。だが、読者の感動を呼ぶような事件もなく、また「巡査の居る風景」のような対象と一体化する如き強い思い入れがないためか、読者に訴える力は強くない。

四

最後に、この作品の語り手について考える。

この作品は「下田の女」や「ある生活」と似て、語り手の思いや発見の喜び、そして挫折感が描かれている。「私」は憂鬱を持ちながらも、伊豆の自然の中で、「うか〳〵と一月半ばかり其処で過ごして了」（一）う。そして甚さんに憧れ、裏切られてしまう。ユートピアのような伊豆にも綻び―甚さんとお光の不倫―があり、牧歌的世界は変容していく。「下田の女」での軽さや明るさを受け継ぎながらも、現実や人間の暗さが作品に入り込んでいる。（それは「ある生活」や「喧嘩」の一面を受け継いでいることでもある。）

そして東京に帰ってからの「私」は、甚さんを想い憂鬱になる。（ただし、「過去帳」に描かれたような自己解体的な「狼疾」と比べれば、感傷的レベルのものである。）

旅する主人公たちの夢は憂鬱な現状からの脱出であり、自然の美しさや救済者の登場かもしれない。非日常の世界（旅行先）ではその可能性があるが、自然や風土に癒されても、救済者の登場は場所に関係ないし、甚さんのように変容もあり得る。

中島は「下田の女」・「ある生活」・「蕨・竹・老人」と、旅行先の「恋愛」を描いてきた。それは作家修業として価値はあろうが、作り物のような恋愛や傍観者の観察では限界がある。[8] 彼は「校友会雑誌」同号の編集後記で、投稿者たちに対して、「かうした題材はもはや小説の対象とするのが難しい・自分に甘えすぎて居ませんか・概念を捨ててからかかつてください」という厳しい評価を下す。[9] それらは、「下田の女」や「ある生活」の持つ「甘さ」の否定であり、「蕨・竹・老人」の物足りなさの自覚や反省にも通じている。

中島は「巡査の居る風景」や「D市七月叙景(一)」を創作し、「下田の女」・「蕨・竹・老人」路線から離れていく。[10]

注

(1)「ある生活」はハルピン、「喧嘩」は千葉、「巡査の居る風景」は京城だから、小説の舞台としては多彩である。

(2) 中島の友人・氷上英廣氏が、次のように回想している。

ついでに覚えているのは、この短編(『蕨・竹・老人』のこと)を私に手渡したとき、彼が「これは毒消しだ」といったことだ。それはこの短編と一緒に『巡査の居る風景――一九二三年の一つのスケッチ』を発表したからで、これは、当時日本の支配下にあった韓国人の意識を描いたもので、中島が中学時代を過ごした京城を舞台にしている。当時は、進歩的な学生に対する当局の弾圧がようやく激しくなったころで、中島は自己の作品のためにそうした進歩的な連中と同一視されるのを迷惑がり、『蕨・竹・老人』のようなまったく牧歌的なものと、いわば抱き合わせにして発表したのである。

氷上英廣「中島敦のこと」(『中島敦研究』筑摩書房　昭和五十三年十二月)

(3) 濱川勝彦『中島敦の作品研究』(明治書院　昭和五十一年九月)

(4) 鷺只雄『中島敦論――「狼疾」の方法――』(有精堂　平成二年五月)

(5) ここの描写は甚さんの欲望や二人の行動を描いていても、彼らの内面は描かれておらず、不倫の実態も噂話や暗示で明確ではない。

（6）注（4）による。
（7）注（4）による。
（8）これらの作品は、恋愛や男女関係を正面から描いてはいない。高校生が男女の愛欲を描くのは問題であり、書かないのが普通かもしれないが、中島が描いたのは恋愛以前の恋愛か、傍観者から見た恋愛である。
推測だが、中島が恋愛を体験するのは大学生時代であり、タカ夫人と事実上結婚するのも大学生時代である。ちなみに、長男が生まれたのは横浜高等女学校に就職した昭和八年四月であり、入籍と出生届け出は同年十二月であった。

この後の作品で恋愛が登場するのは「北方行」であり、そこでは三角関係という複雑な恋愛（人間関係）が描かれる。それ以外に、娼婦との一夜を描いた「プウルの傍で」（昭和十年頃）がある。ただし、両作品とも未発表である。
（9）詳細は、「習作」の章を参照されたい。
（10）「蕨・竹・老人」・「巡査の居る風景」が書かれた昭和四年は、新感覚派の文学からプロレタリア文学に、文壇の中心が移行する時期でもある。そういう点で中島は、文壇の趨勢を考慮していたとも言えるだろう。

六　「巡査の居る風景——一九二三年の一つのスケッチ——」

一

「巡査の居る風景——一九二三年の一つのスケッチ——」（以下、「巡査の居る風景」と略す）は、昭和四年六月に「蕨・竹・老人」とともに、「校友会雑誌」（三二二）に発表された。副題の「一九二三年」は大正十二年であり、当時中島は京城中学校二年生（十四歳）であった。

この作品の主人公は朝鮮人の巡査・趙教英であり、彼を中心とする「スケッチ」が作中に描かれている。少年時代を朝鮮で送った中島ならではの情景や人物描写があり、翌年発表の「D市七月叙景㈠」とともに評価が高い。鷺只雄氏は次のように、この作品を評価する。

（前略）単なるスケッチにとどまらずに、そのおかれた日常的現実の状況を極めてリアルに描き出していると言っていい。

しかしそれ以上にこの作品の意義は植民地の状況を支配者である日本人の側からでなく、被支配者である朝鮮人の側から描き出していることである。支配され、抑圧されている朝鮮人民衆の目と心を通して、悲惨な実状を描いていることである。(1)

また、濱川勝彦氏も次のように言う。

ここには、当時タブーであった朝鮮人の対日感情や、祖国、民族への嘆きが大胆にとりあげられている。（中略）この趙教英の祖国への覚醒と嘆き、金東蓮の憤りは、この作品の中で素朴に生かされており、特定のイデオロギーのプロパガンダでないことに注意しなければならない。中島敦が、中学時代を過ごした京城で、素直に、歪められることなく現実を直視した成果が、ここに生かされている。(2)

「支配され、抑圧されている朝鮮人民衆の目と心を通して、悲惨な実状を描いている」や、「素直に、歪められることなく現実を直視した成果が、ここに生かされている」は頷ける指摘であり、この作品が植民地・朝鮮の状況や抑圧される朝鮮の人々の心情を描いた点は、注目に値する。ここには中島の社会問題を描こうとの創作意欲があろう。中島は中学生の頃から、他者や社会を、「作家たらんとする眼」(3)で注視していた。

だが、この作品に描かれたものが即、中島のものだとは断定できない。当時の文壇の状況——プロレタリア文学の隆盛——の影響も考えなければならないし、中島の心情はそう単純なものではないと考えられるからである。

昭和四年と言えば、小林多喜二の「蟹工船」や徳永直の「太陽のない街」など、プロレタリア文学の大作が発表されている。作家志望の中島が、プロレタリア文学から影響を受けるのは自然なことである。その一例として、「巡査の居る風景」と小林多喜二の「蟹工船」の冒頭部分を、次に引用する。

甃石には凍つた猫の死骸が牡蠣の様にへばりついた。其の上を赤い甘栗屋の広告が風に千切れて狂ひながら走つた。
町角には飲食店の屋台が五つ六つかたまつて盛に白い湯気を立てゝ居た。赤黒くカチ〳〵に固くなつた乳房を汚れたツルマキの上から出した女が一人、その前に立つて湯気を吹きながら真赤に唐辛子をかけた饂飩を啜つて居た。

（「巡査の居る風景」）

「おい地獄さ行ぐんだで！」
二人はデッキの手すりに寄りかゝって、蝸牛が背のびをしたように延びて、海を抱え込んでいる函館の街を見ていた。—漁夫は指元まで吸いつくした煙草を唾と一緒に捨てた。巻煙草はおどけたように、色々にひっくりかえって、高い船腹をすれ〳〵に落ちて行った。彼は身体一杯酒臭かった。(4)

（「蟹工船」）

「蟹工船」発表は昭和四年の『戦旗』五月号であるから、中島がそれを見た後に「巡査の居る風景」を書いた可能性は低いが、両作品の冒頭部分は雰囲気も似ていて、新感覚派風の比喩表現があり、対象の描き方——ある種の誇張性と切迫した現実感——の近さも感じられる。また、差別される人々を主人公として、語り手（作者）が問題意識を持って描こうとする態度も似ている。中島の模倣云々と言うよりも、学ぼうとする態度を評価すべきだろう。
また「巡査の居る風景」の強みは、作者が朝鮮を知っていることである。朝鮮半島の現状を知らない「校友会雑誌」の読者たち（一高校生たち）にとって衝撃的であったろう。学生たちは新聞記事や他の作家の作品などによって、朝鮮半島の状況をある程度知っていたろうが、同じ高校生の語る方がインパクトは強い。特に、「日本の支配下にあった現地人を主人公にした作品」は「極めて僅かしかな(5)」（鷺氏）いのである。
「巡査の居る風景」執筆には、こんな小説も書けるとの中島の顕示欲もあったろうが、朝鮮半島の現状を描きたいとの中島の思いが根底にあったろう。

それまでの習作（「下田の女」・「ある生活」・「蕨・竹・老人」）に倣えば、旅人の目で作品世界を作り上げたかもしれないが、「喧嘩」と同様、趙という朝鮮人を主人公として作品は展開する。重い現実（朝鮮）には軽い語り手や主人公は不適切であり、庶民の家内の争い（「喧嘩」）とは次元が違う。次節以降、この作品の特色を考察する。

二

「巡査の居る風景」（全五章）は、関東大震災後の大正十二年十二月の京城（ソウル）を舞台としている。主人公は、朝鮮人の巡査・趙教英である。[6] 彼は土地の人々に対して、二つの顔（支配者に属する顔―被支配者の顔）を持っているが、[7] 日本人に支配される被支配者の色合いが強い。

話の軸は、主人公（趙）が日本の朝鮮統治への疑問を抱き、失業を経て民族意識に目覚めることであり、作中には植民地・朝鮮の悲劇や日本統治による矛盾・不合理などが描かれている。

一章では、電車で帰宅する趙が思い出す日本人の傲慢さ――注意されても運転台から動こうとはしない中学生や、朝鮮人への蔑称に差別感を持たない中年女――と対比して、差別される朝鮮人の弱さが描かれる。趙は憂鬱になり、朝鮮民族および自分のことを考える。

事実彼の気持は近頃「何か忘れ物をした時に人が感じる」あの何処となく落ちつかない状態にあつた。果されない義務の圧迫感がいつも頭の何処かに重苦しく巣くつて居るといつた感じでもあつた。併しその重苦しい圧力が何処から来るかといふことに就いては、彼はそれを尋ねようとはしなかつた。いや、それが恐かつたのだ。自分で自分を眼覚ますことが恐ろしいのだ。自分で自分を刺激することがこはかつたのだ。

　では何故怖いのだ？　何故だ？　（一）

最後の問いかけは唐突の感もあるが、趙の葛藤する心情が描かれていて、作品のテーマが垣間見える場面である。彼は、民族としての目覚めを生活や恐怖感によって押さえ込もうとする。彼の揺れる心情は、電車の動きとともに、回想や眼前の出来事と絡み描かれていく。

　その後彼は電車を降り、日本人の立派な紳士に道を聞かれ、まごつきながらも答え突然気付く。

と、その時だった。彼はある一つの大発見をして愕然として了つたのだ。
―俺は、俺は今知らない中に嬉しくなって居はしなかつたか。―と彼はぎよつとしながら自分に尋ねて見た。
―あの日本の紳士に丁寧な扱ひを受けたことによつて極く少しではあるけれども喜ばされて居たのだ。丁度子供が大人に少しでもまじめに相手にされると、すつかり喜んで了ふやうに、俺も今無意識の中に嬉しがつて居たのだ………。（中略）
―これは俺一人の問題ではない。俺達の民族は昔からこんな性質を持つやうに歴史的に訓練されて来て居るんだ―。　（一）

　趙は日本人の差別意識を憤るとともに、自分たちの卑屈さにも気付く。日本人のみならず朝鮮人自身の問題点も指摘していて、「支配され、抑圧されている朝鮮人民衆の目と心を通して、悲惨な実状を描いている」(8)（鷺只雄氏）のである。

三

二章は趙が登場せずに、副主人公格の娼婦・金東蓮が登場する。まずは京城の様々な場所の描写があり、京城の漢山から市街へ、続いて漢江に視点が移り、様々な階層の人々の「足」を描く。

　朝鮮人の船の様な木履。日本のお嬢さんのピカピカした草履。支那人の熊の様な毛靴。今にも転びさうな日本の書生の朴歯。磨き上げた朝鮮貴族学生の靴。元山から逃げてきた白色ロシヤ人の踵の高い赤靴。それから足も大分出かゝつた担手《ちげ》━荷物を背にのせて運搬する朝鮮人━のぼろ靴。まれにはゐざりの乞食の膝から下の断たれた大腿部。その足は寒さのため、街頭で赤くはれ上つて居た。（二）

群衆の足を描いてリアリティがあり、洒落ているとも単調な描写にならない工夫とも言える。

続いてS門に視点が移り、「支那人の阿片と蒜の匂ひ、朝鮮人の安煙草と唐辛子の交じつたにおひ、南京虫やしらみのつぶれたにおひ」とあるように、視覚から嗅覚の描写へと変わり、S門外の横町に住んでいる金東蓮と友人の福美が紹介される。

以上が二章の概要であり、一章とは別の京城の情景や人々がパノラマ的に描かれる。

続く三章も、京城の様々な場所や人物のスケッチから始まる。漢江人道橋の上の軍隊。ノロを担いだ学生たちと朝鮮神社。日本では独立自尊の精神を説いていたのに、朝鮮では従順の徳を説く高等普通学校の校長。征漢の役を教える普通学校の日本歴史の時間などが描かれる。

一見ばらばらのスケッチのようだが、いずれも日本支配の現状や歪みと関連している。特に後二者は、日本人教員の困惑と、それを聞く朝鮮人の生徒たちの従順さが対比される。こういった〈導入〉を経て、話は朝鮮総督襲撃事件に移る。

朝鮮総督が東京から帰ってきた日、警備の中に趙もいた。突然、総督を乗せた車に向かって一人の男が発砲する。[9]

兇漢は二十四五の痩形の青年だつた。彼もピストルを握りしめたまゝ血走つた眼でしばらく警官の方を睨んで居た。が突然帽子をとつて甃石に力一杯たゝきつけて、カラカラと自棄的に笑ひ出すと、いきなり手にした武器を群衆の中に抛り投げた。群衆はさつと退いた。警官達も思はずギヨッとして身を引いて、投げ出されたピストルを見た。……が次の刹那には彼等は既にとびかゝつて兇漢を押へて居た。彼は少しも抵抗しなかつた。青ざめて幾分小刻みにふるへる口許に蔑すむ様な微笑を浮べて彼は警官達を見た。青白い額には乱れた髪が長くたれ下つて居た。眼にはもう周章と興奮の跡が消えて、絶望した落着きと憐憫の嘲笑とが浮んで居るだけだつた。

彼の腕を捕へて居た趙教英はとてもその眼付きに堪へられなかつた。その犯人の眼は明らかにものを言つて居るのだ。教英は日頃感じて居る、あの圧迫感が二十倍もの重みで、自分を押しつけるのを感じた。

捕はれたものは誰だ。

捕へたものは誰だ。　（三）

犯人は凶悪なテロリストと言うよりも、愛国者・殉教者のイメージを持つ。趙は警備の一人にすぎないが、スポットライトを浴びた犯人の青年の隣から浮かび上がり、趙と犯人が交差して趙の内面がクローズアップした後、趙（また語り手）の問いかけに至る。趙と犯人の接触は偶然すぎるとしても、映画的手法を使い趙と犯人を印象的に描写している。また、最後の問いかけ――「捕はれたものは誰だ。捕へたものは誰だ。」――は、前出の趙の問いかけ（一章）と同様に、趙自身のみならず語り手のメッセージを強めている。

四

続く四章は、金東蓮が再登場する。「蕨・竹・老人」でも見られた場面進行の単調さに陥らない工夫であり、ＡＢＡＢＡ（Ａは趙の物語、Ｂは金の物語）という進行である。彼女の描写の後に、客との会話が続く。彼女が関東大震災での夫の死を話すと、客は驚いて次のように反応する。


男は急にギクリとして眼をあげると彼女の顔を見た。と、暫くの沈黙の後、彼は突然鋭く云った。

―オイ、ぢやあ、何も知らないんだな。

―エ？　[10]何を。

―お前の亭主は屹度、………可哀さうに。　（四）

恐らく、関東大震災後の朝鮮人虐殺が話されたのだろう。続いて金の様子が描かれる。

一時間の後、東蓮は一人で薄い蒲団にくるまつて暗い中で泣いて居た。彼女の目の前には、おど〱と逃げまどつて居る夫の血に塗れて火に照し出された顔がちらついた。

「あんまりしやべつちやいけないぜ。こはいんだよ。」と去り際に云った男の言葉も頭の何処かでかすかに思ひ出された。

数時間の後、やっと夜の明けた灰色の舗道を東蓮は狂ほしく駆けまはつて居た。そして通りすがりの人に呼びかけた。

―みんな知ってるかい？　地震の時のことを。

彼女は大声をあげて昨晩きいた話を人々に聞かせるのであつた。

（四）

物事に受け身であった金は、夫の無惨な死を聞き悲しみや憤りに堪えきれず、舗道を「狂ほしく駆けまは」り、人々に呼びかける。しかし、巡査に「静かにせんか。」と言われ、彼女は「急に悲しさがこみ上げて来て、涙をポロ〱落とし」、「何だ、お前だつて、同じ朝鮮人のくせに、お前だつて、お前だつて……」と叫ぶ。無言と叫声の違いはあるが、前章の趙と犯人との関係と似ている。

だが、金が刑務所に行った後も、娼婦街は変わらない。福美も注射をする時だけ、「何処かに居なくなつた東蓮のことをかすかに思ひ出す」にすぎない。（ここは、趙や金は民族の問題に目覚めていき、他の人々は目覚めないこと[11]を表現したいのだろうが、福美が簡単に金蓮を忘れるとは考えにくい。）

以前と同じように、人々が現実から目を背け続けるのかというと、この章の最後に一つの暗示がある。娼婦街によく来る支那人が空を見上げて、次のようにつぶやく。

―おつかない星だな。―

彼はまだ暗い空を見上げて、さう云つた。（四）

このセリフがもう一度繰り返される。

—ふん。おつかねえ星だな。（四）

「おつかない星だな」との繰り返しは、やがて来る動乱の暗示ではないか[12]。人々の現状への不満の深さとともに、日本に対する独立・抵抗運動の根強さを暗示している。だが、現時点では日本への抗議を示す者は犯罪者とされ、刑務所に入れられるか、地下へ潜り運動家となるしかない。

五

五章は、これまでを受けて未来への一つの提示である。具体的には、植民地の矛盾や歪みに直面する趙のターニングポイントを描く。が、積極的に運動家になる趙の姿を描くのではない。今まで様々な差別に目をつぶっていた男が、馘首されて目覚めていく姿が描かれる。

ある日彼は署長に呼ばれ、突然解雇される。

署長は黙つて彼に一枚の紙と日割の給料の袋とを渡した。は、あ、来たなと思つた。四五日前、徽文高等普通学校の生徒とK中学の生徒とが大勢で喧嘩した。その懲戒について彼は課長と少し言ひ争つたのだ。（五）

総督襲撃事件がなければ、趙は課長と言い争いはしなかった。彼は残りの給料を貰い、署を出て淫売屋に入るが、思い悩む。

「一体、どうしろと云ふのだ。」と、彼は濁つた頭の奥で、何だか他人のことでも考へる様に考へた。「彼等はどうなるのだ。」妻子の青白い顔が目前にちらつき初めた。（五）

彼は淫売屋に行くような人間だが、自分や家族のことだけでなく、運動家のことも思い始める。

と、ふと彼は、彼の知って居る裏通りのある二階屋の一室のことを思い浮べた。（中略）みんなが前途の希望に燃え立って居るのだ。やがて彼等の間からひそ〳〵した相談が洩れる。「京城―上海―東京」「…………」…………。

彼はぼんやりとこんな有様を画いて見た。そして自分自身の惨めさをそれに比べて見た。「どうにかしなくてはいけないのだ。とにかく。」（五）

彼は、自分の惨めさと運動家の「前途の希望に燃え立つて居る」姿とを比べる。彼は独立・抵抗運動に無知ではなく、「どうにかしなくてはいけないのだ。とにかく。」と思うようになる。

趙の今後を想像すると、彼は「重苦しい圧迫感」から脱して、「果たされない義務」（一）を果たそうとするのかもしれない。だが作品は、彼が路傍に石ころのように眠っているチゲ（担手）たちに衝動的に身を投じ、慟哭する場面で終わる。この発作的な行動が趙自身の心情を表していようし、彼とチゲたちの〈朝鮮〉を象徴していよう。

其のチゲは脂だらけの眼を眠さうに一寸開けたかと思ふと、直ぐに又閉じて了つた。うるささうに痩せた手を動かして、（中略）白い田虫に囲まれた其の口から長い煙管がコトンと舗道に落ちた。

「お前は、お前たちは。」突然何とも知れぬ妙な感激が彼の中に湧いて来た。彼は一つ身を慄はすと、彼等のボロの間に首をつつこんで泣き初めた。

「お前たちは、お前たちは。此の半島は………此の民族は………。」

（五）

趙は「何とも知れぬ妙な感激」から、「彼等のボロの間に首をつつこんで泣き初め」、「お前たちは、お前たちは。此の半島は………此の民族は………。」と泣く。ここには、趙のチゲたち（その先には民族）への強い同情と共感がある。このシーンを描いた作者の手腕は凡庸ではないが、「脂だらけの眼・白い田虫に囲まれた其の口」というチゲたちの醜悪さを描いた上で、趙のように「ボロの間に首をつつこんで泣」くことが、日本の読者にどう受け止められたろうか。蔑視や偏見なく、自分たちに関係あることと受け取れるかは疑問である。

また、このような終わり方（描き方）は感動的であるが、この作品の独自性とは言い難い。当時のプロレタリア作品から似たような例として、葉山嘉樹の二つの小説の最終章の場面を、次に紹介する。

ボーイ長は歯を食いしばつて、嗚咽を止めようとした。そして厚い礼も言ひ度い。彼等の今後の行動の予定も知り度い。どうすればどこで会へるか、その方法も知り度い。又取り敢へずの所書も貰つて置き度い。自分の所書も渡したい。あゝも、かうもし度かつた。それだけ尚更彼の涙は、溢れ落ちた。彼の泣声は食ひしばつた歯の間から、鋭く洩れた。（中略） 「体を大切にして下さい。さやうなら」とボーイ長は云つて、その枕に頭を埋めた。「淋しいなあ」彼は、止め度もなく溢れる涙の中へ顔をいつまでも埋めてゐた。

「資本主義制度は、蜘蛛の巣見たいに、俺たちを引つくるんでゐるんだ。どう足掻いてもそれは気味悪くからみついて来るばかりだ、畜生！ 今に見てゐろ土蜘蛛奴！」藤原は考へながらデッキを大跨に歩いた。

（「海に生くる人々」四七 大正十五年十月刊）


私は淫売婦の代りに殉教者を見た。

彼女は、被搾取階級の一切の運命を象徴してゐるやうに見えた。

私は眼に涙が一杯溜つた。私は音のしないようにソーッと歩いて、扉の所に立つてゐた蛞蝓へ、一円渡した。渡す時に私は蛞蝓の萎びた手を力一杯握りしめた。

そして表へ出た。階段の第一段を下るとき、溜つてゐた涙が私の眼から、ポトリとこぼれた。[13]

（「淫売婦」五 『文芸戦線』大正十四年十一月）


両作品に描かれた人物は感動と涙の中にいて、資本家を敵として「労働者」への強い連帯感を持っている。彼らの感情の高ぶりも語り口調にもよく表れていて、「労働者」の正しさと今後の行動が示唆されている。

中島の「巡査の居る風景」は一人の朝鮮人の葛藤と目覚め、そして当時の朝鮮（ソウル）の状況が描かれている。が、趙が「ボロの間に首をつつこんで」同胞に慟哭するのに対して、作中の他の人々はどうだろうか。葉山の作中の人々（労働者たち）は、差別や搾取に目覚め行動しているし、彼らの間には強い共感や連帯感がある。それに対して、「巡査の居る風景」では趙は慟哭するが、労働者（チゲ）たちは眠っていて、彼らと趙の間には連帯感はない。

そして、趙は行動以前の人物である。この時期（昭和初年代）のプロレタリア文学の多くは行動する人物を描いていて、それに馴れた読者にとって、朝鮮の現状を知るという利点はあっても、「巡査の居る風景」のように行動しない作品は受け入れにくいのではないか。(14)

そういった作品の性格を押さえた上で、続いて中島の側の問題を考える。

六

中島は朝鮮の人々の中で生活してきて、朝鮮の風土や朝鮮人の心情を日本に暮らす者以上に知っている。彼は朝鮮や朝鮮の人々を公平に描いている。その結果、語り手は差別される朝鮮の人間に寄り添っている感がある。それがこの作品の特色であり、作者・中島の創作態度や、ひいては彼の正義感を示している。

だが、それは中島と対象との近さを保証するものではない。例えば、彼がこの作品の題名や副題に、「風景」や「スケッチ」と付けたのは検閲対策だとしても、正面切っての抗議を込めた創作とは言い難い。そして、同時掲載の「蕨・竹・老人」を、友人に「毒消し」(15)だとも言う。左翼と見られることを避けたい思いが、そこにはある。

確かに、この作品の趙たちの差別的状況や苦悩の描写に読みごたえがあるが、作中の感動的場面には当時のプロレタリア文学の影響がうかがわれる。そして次の段階として、趙（ひいては朝鮮の人々）が新しい一歩を踏み出す、その過程や内実を描くことが必要になる。だが、中島はその後の趙たちを描かない。(16)彼にはその後の趙たちに興味を、あるいは書く意欲を持てなかったことを暗示してはいまいか。

中島が大学生時代、遊興（マージャンやダンス）に走ったことや、卒業論文に耽美派の文学を選んだことから分かるように、彼には享楽家的傾向がある。プロレタリア文学にふさわしい題材や人物は、彼にとって得意な（好きな）分野ではないのではないか。大学生時代、そしてそれ以降にプロレタリア文学風の作品はない。

時とともに検閲も厳しくなるが、書く気さえあればまだ工夫して書ける時代であった[17]。中島の中学時代の友人・湯浅克衛が、「カンナニ」を発表したのは、「巡査の居る風景」発表から六年後の昭和十年であった。その前年の昭和九年、中島は朝鮮を舞台とした「虎狩」を書き、中央公論に応募している。「虎狩」を見ることで、「巡査の居る風景」や「D市七月叙景㈠」の後の中島の軌跡やプロレタリア文学との関係が、より考察できよう。

注

(1)鷺只雄『中島敦論——「狼疾」の方法——』(有精堂　平成二年五月)
(2)濱川勝彦『中島敦の作品研究』(明治書院　昭和五十一年九月)
(3)中学生時代の友人であった伊藤高麗夫氏に、同種の証言がある。
伊藤高麗夫「興味ある存在・中島敦」(『中島敦・光と影』新有堂　平成元年三月)
(4)小林多喜二「蟹工船」の引用は、『小林多喜二全集』(新日本出版社　昭和五十七年六月)による。
(5)注(1)による。
(6)「巡査の居る風景」は小説なので、作中の記述が事実そのままである必要はないが、参考として記せば、大正八年——3・1独立運動が起こった年——当時、日本人巡査はおよそ四千八百名、朝鮮人巡査は四千七百名であった。翌九年には、巡査の総数は二万人余に増強された。
姜在彦『朝鮮近代史』(平凡社　平成十年十一月)参照。
(7)「虎狩」の趙も、朝鮮民衆に対しては支配者層に属し、二重の立場であった。中島が朝鮮人を主人公にするとき、そういう人間を選ぶところに彼の趣向と嗜好があるのではないか。引き裂かれた存在とまでは言えないが、それ故に生じる不安定さと苦悩が執筆意欲を誘ったのではないか。中島の代表的作品の主人公のほとんどは、悲劇的人物であるか、悲劇的結末を迎える。習作でも、主人公が幸福な終わりを迎えた作品はない。「下田の女」では主人公は女のもとから去り、「ある生活」では主人公は死に、「喧嘩」では一家の不和が鮮明になり、「蕨・竹・老人」では主人公は東京で憂鬱になる。

（8）注（1）による。

（9）当時の朝鮮総督は斉藤実（在職は大正八年から、中断はあるが、昭和六年まで）。大正十二年以前に、総督に爆弾を投げて死刑になった老牧師姜宇奎の事件（大正八年）があった。姜が犯行現場から立ち去る時、それを見た朝鮮人巡査は黙って見逃した、また彼は取調室で一時間に渡って演説したという。作中の襲撃事件の巡査たちの対応とは大分異なっている。

（10）関東大震災後の朝鮮人虐殺の報道について、安野一之氏は次のように言う。

この未曾有の悲劇が起こったことを、朝鮮半島に住む人々は知らなかった。勿論、関東大震災が起こったことは報道されていたが、震災後に待ち受けていた民衆の狂気、同胞の悲劇は知らされていなかった。この報道規制はかなり徹底されていたらしく、九月の「京城日報」の記事にも、朝鮮人虐殺の報は一切載せられていない。

安野一之「『巡査の居る風景』序説」（「國學院大學」平成八年三月）

金東蓮が関東大震災後の朝鮮人虐殺を知らなかったのは、彼女が無知だったためではない。彼女だけでなく、多くの朝鮮の人々は知らなかったのである。

（11）3・1独立運動後、総督斉藤実は「文化政治」をスローガンに、言論・出版・集会の統制を緩めた。大正十二年頃の朝鮮は、小康状態にあった。

（12）「巡査の居る風景」発表後の昭和四年十一月に、光州学生運動が起こり、反日デモが翌年まで続いた。

（13）葉山嘉樹の作品の引用は、『葉山嘉樹全集』（筑摩書房　昭和五十年四月）による。

ちなみに、小林多喜二の「蟹工船」のラストは、「そして、彼等は、立ち上がった。ーもう一度！」である。

（14）後年の「虎狩」が〈現実〉——日本統治による差別や悪——に踏み込まず、『中央公論』の選外佳作となったのとも似ている。

(15) 中島は「巡査の居る風景」と同時掲載の「蕨・竹・老人」を、「毒消し」だと表現している。中島の共産主義への距離が推測できる。詳細は、前章「蕨・竹・老人」を参照されたい。

(16) 翌年発表の「D市七月叙景(一)」も、(一)だけで終わる。そこでは差別する日本人が描かれるが、彼らの行う差別そのものは描かれない。差別される中国人（苦力たち）も、現状に満足していて目覚めようともしない。「巡査の居る風景」よりも、植民地問題（差別問題）では後退していると言わざるを得ない。

(17) 湯浅克衛の「カンナニ」（昭和十年）と比べると、作家と作品との関係が分かる。「カンナニ」では、作者の体験や思いが主人公の行動や心情に込められているのに対して、「巡査の居る風景」では、作者と違う主人公が造型され虚構化されていて、作者の存在や感情はストレートには感じにくい。

ただし、昭和十年頃の検閲はかなりのもので、「カンナニ」は本文のあちこちが削除され、作品後半は発表できなかった。

七　「D市七月叙景㈠」

一

「D市七月叙景㈠」（「校友会雑誌」三二五　昭和五年一月）は、中島の高校生時代最後の習作であり、研究者の評価も高い。川村湊氏はこの作品を、

中島敦は、支配者としての満鉄総裁や、その満鉄職員、苦力たちを取材し、調査し、描写している。彼の作品としては『巡査の居る風景』と並んで、もっとも社会性、さらにいえば社会主義的なイデオロギー性の濃いものだ。経済的、政治権力者としてのM社総裁の戯画化と、ブルジョア的生活文化への皮肉っぽい視線、ルンペン・プロレタリアートとしての苦力の境遇に対する憐憫と共感など、プロレタリア文学に通じる要素を、中島敦の作品としてはもっとも多く持っているのがこの作品だ。そしてそれは、「植民地支配」そのものへの批判として結実してゆくものである。(1)

と評価し、この作品を中島の「小説家としての・意識的な観察、取材に基づく作品」と指摘する。おおむね頷けるが、「ブルジョア的生活文化への皮肉っぽい視線」および「苦力の境遇に対する憐憫と共感」には、いささか疑問がある。

また鷺只雄氏は、主人公たちの共通性について、

彼らは王様から餓死寸前の失業苦力まで、身分・階層に上下の差はあっても、いずれも根無草であり、デラシネであるという点で共通している。（中略）いずれもドッシリと根を下した安定とは無縁の、綱渡りのような生活、内に常に崩壊と転落の危険をはらんだありようがその特徴である。[2]

と指摘し、この作品が「植民地D市の単なる告発や現実批判をめざしたものではな」く、「その現実を正確に把握し、分析して特質を明らかにし、その結果〈出稼ぎ〉〈寄生〉の特質が明らかにされ」、「満鉄が支配する国際都市大連の特質を見たのがこの作品である」とする。続けて、この作品で中島の「現実を見る眼は奥行きを増し、人間認識は更に深まっている」とする。登場人物たちは「いずれも根無草であり、デラシネである」と「内に常に崩壊と転落の危険をはらんだありよう」という点にやや疑問があり、「現実を正確に把握し、分析して特質を明らかにし、その結果〈出稼ぎ〉〈寄生〉の特質が明らかに」が褒めすぎの感があるものの、その他はおおむね頷ける見解である。

だが、作品の出来の良さは創作意欲にプラスに働く筈であるが、この作品を執筆した後、中島は(二)以下を書き継ぐこともなく、大学生時代（昭和五年四月〜昭和八年三月）、創作（小説執筆）から離れる。その理由としては発表舞台（「校友会雑誌」）を高校卒業で失ったことや、朝鮮や中国の現状を描くことが検閲の面で難しくなったことが考えられる。だが、友人たちの同人誌に投稿可能であったし、[3]後年（昭和十年前後）に比べれば、工夫すれば左翼系の小説もまだ書ける時期であった。（仮に左翼系の創作が不安であれば、他のジャンルの小説を書けばいいのである。）恐らく大学生という余裕が、恋愛や遊びに彼を向かわせたのかではないかと考えられる。[4]

創作から離れた別の理由として、「D市七月叙景(一)」を含む習作への反応のなさが考えられる。友人たちは褒め

たであろうが、世間の反応はなく、自信作故の落胆が彼を創作から遠ざけたかもしれない。(中島の自尊心の高さが想われる。)また、「D市七月叙景(一)」絡みの理由として、次のステージ(段階)に進むことが重荷になったのではないか。濱川勝彦氏は、次のように指摘する。[5]

三つの階層の最後、明日を知らぬ苦力の自暴自棄の姿を見据えた作者に、必然的に次のことが問われる。苦力の、その目覚めの後に、何があるべきか、という問いである。(中略)ここまでは、現実への素朴な凝視ですませたが、ここからは、もはや単純な観察や若者らしいヒューマニズムでは解決出来ない。『D市七月叙景(一)』が、(一)のみで終わった所以がここにある。[6]

高校生レベルの作品――「単純な観察や若者らしいヒューマニズム」――から脱皮した作品――「目覚めの後に、何があるべきか」――を書かなければならないと、中島自身も実感したろうが、彼は共産主義よりも芸術主義的なものと肌が合う。差別される人々や社会を書こうという思いと、芸術(享楽)主義的な気持ちとの相克から、後者に傾いたのが大学生時代ではなかったか。その一証拠として、彼の大学の卒業論文は「耽美派の研究」である。以上の事情を含めて、「D市七月叙景(一)」を考える。

二

「D市七月叙景(一)」(三章構成)の一章はM社総裁のY氏が、二章はM社の中年社員一家が、三章は無銭飲食の二人の苦力が主人公である。前作の「巡査の居る風景」は主人公(趙教英)と副主人公(金東蓮)がいたが、それ以上の主人公の複数化である。ここには社会（人間）を幅広く描きたいとの中島の意図があり、D市の人間たちを「王様から餓死寸前の失業苦力」[7]（鷺氏）の三層で表現しようとしたと推測される。

場所はD市とあるが、大連――中島の父・田人の大正十四年からの勤務地であり、中島にとって馴染みの地――であり、作中の時間は、作品の発表（昭和五年一月）と作中の叙述――例えばY総裁（モデルは山本条太郎[8]）の辞任――から推測するに、昭和四年七月である。前作の「巡査の居る風景」と「蕨・竹・老人」の発表が同年六月であるから、「D市七月叙景㈠」執筆は、同年七月頃から数ヶ月間であろう。

濱川氏も指摘するように、この作品には観察はあっても、どうすべきかという「行動」への意欲は薄い。もちろん、植民地問題は一高校生の手に余るものであり、問題点の指摘や告発も重要な創作意義である。が注目したいのは、作品中の虐げられた人々（弱者）への同情や共感の強弱である。これは、他の習作（恋愛話の「下田の女」や「ある生活」を除く）と比較することによって、ある程度推測できるのではないか。

「喧嘩」のおかねは愚かさと醜さを持っているが、人のいい中年女である。語り手は彼女の心情を淡々と語る。（時としてそれは、おかねの滑稽な姿を浮かびあがらせる。）気になるのは、家出から帰る際の家族の「冷たい光の眼」であり、同情を感じさせない描き方である。ここには、家族の愛情や語り手の暖かい眼などは感じられない。

「蕨・竹・老人」の語り手は、甚さんに理想の老人像を見出していたが、甚さんの不倫に背を向け距離を取る。が、甚さんの不幸（子どもの死や不倫相手の出奔）に同情し、旅行（帰京）後、甚さんを想う。甚さんや自分の憂鬱を嘆くとしても、伊豆の風土の明るさもあり、傍観者（旅行者）として対象との距離が感じられる。

「巡査の居る風景」では差別される趙が主人公であり、彼の内面の葛藤が描かれる。特に、総督襲撃事件や最終場面――チゲたち（民族）の惨状に趙は慟哭する――では、語り手は趙に寄り添って語っている感がある。

以上のように、三作では「巡査の居る風景」の語り手が対象と最も近い。対して「D市七月叙景㈠」で虐げられる者は苦力である。「巡査の居る風景」と比べれば、苦力たちの貧窮ぶりややり切れなさ、そして彼らの暴発する姿にはリアリティがあるが、彼らへの語り手（または作者）の共感や同情はあまり感じられない。「喧嘩」のように、語り手は感情を見せない感じがある。かつ、趙（「巡査の居る風景」）の如き目覚める人物は作中に登場しない。

また、植民地の差別を描いていても、民族意識や差別問題を描く強さでは、「D市七月叙景㈠」は「巡査の居る風景」に劣る。「D市七月叙景㈠」では虐げられた人々への同情や共感は弱い。だが逆に言えば、苦力たちの差別的状況を、ステレオタイプ的に描くこと――被差別者は弱者で善人である――からは脱している。

以上を受けて言えば、描かれた内容に重点があるものの、描かれ方にも作品の特色があるのではないか。つまり、一章は新感覚派風の誇張した戯画的な描写、二章は叙情的な細かい描写、三章はよりドライでリアルな描写というように描き分けられている。また、大連の街や海岸などの情景描写のうまさも目立つし、満鉄総裁の卑小化・戯画化された俗っぽさや中年社員一家のささやかな幸福の有様、そして苦力たちのやり切れなさと暴発する姿などの描写は、高校生としては水準以上である。

それでは、「D市七月叙景㈠」を見ていく。

三

第一章では、M社総裁のY氏が描かれる。D市・M社・Y氏とぼかされているが、Y氏は満鉄総裁の山本条太郎であろうし、作中の「辞任の挨拶の草稿」は、「満州日報」掲載の記事とほぼ同じという報告がある。[9] 作者が作品にリアリティを持たせるために、新聞の記事を参照したのは自然だが、作中の総裁はしゃっくりに苦しむように、明らかに戯画化されている。有名人を身体レベルで引き摺り下ろして、その卑俗さを描く。これは鷺氏も指摘している[10]ように、横光利一の「ナポレオンと田虫」を連想させる。

作中での総裁は「大総裁」としてではなく、しゃっくりに振り回される子どもじみた男[11]として描かれる。彼のしゃっくりはすさまじいものである。

此の様なひどい吃逆《しゃっくり》も珍しいものであつた。そのために彼は昨日から食事も睡眠も満足にとれなかつたのであつた。（中略）残虐で奇妙なこの発作は殆んど六十秒毎に彼を襲ひ、彼の神経をおびえさせ、彼の全身の筋肉に震動を起させた。あまり頻繁なので終ひには胃の何処かに疼痛さへ感ずる様になつた。（一）

彼はいらいらして、夫人や女中たちをどなりつける。良識ある大人とは思われない総裁像であるが、悪意のある人物ではなく、単純で俗的な人間として描かれる。

しゃっくりが止まった時、「大丈夫！　たしかに大丈夫である。彼は解放された子供の様に嬉しくなつて、長々と伸びをした」り、秘書が書いた辞任の挨拶の草稿に、「彼がまるで知らない様な彼の事業までが書かれて居る」のを読んで、

こんな風に彼の知らないことが、彼の在任中に於ける功績として、どん〳〵新聞に書立てられ、M社の歴史に残るのかと思ふと、彼は俄かに子供じみた満足を覚えるのであつた。（一）

組織や時代の現実よりも、Y総裁の戯画化による描写に、この章の狙い——権力への揶揄や批判——があろう。彼の業績（辞任挨拶）やD市の植民地の風景描写などに、時代色や地方色が感じられるが、日本の植民地支配の悪

や歪みは「巡査の居る風景」ほど直接に描かれないし、趙のように植民地の悪に目覚める告発者もいない。M氏も中年社員たち（二章）も植民地による恩恵を受けており、苦力たち（三章）は差別されながらも、目覚めようとしていない。

四

二章に登場するのは、満鉄勤務の中年社員一家――中年夫婦と子供四人の家族――である。彼らは十五年前に満州にやって来て、内地の倍程度の給料で暮らしている。彼らは、近郊の海水浴場の貸別荘で一夏を送っていて、中国人やロシア人などが登場するものの、（描写の範囲内では）普通の中流生活が描かれる。

この章は、子供たちの海水浴の場面――五歳の男の子、小学生ぐらいの「小さな姉」、十八・九歳の中学生の長兄たちのほほえましい情景――から始まる。自然描写も色彩感にあふれ、新感覚派風の比喩表現も散見される。

よく晴れた日であつた。海にも空にも一面に金色に光る無数の微粒子が踊りながら充満して居た。のぼせ上つた空は、遠く水平線近くに、ポツと立昇つた硝子の様な水蒸気の層を見せ、その下に、チカ〳〵して眼に痛い真昼の海が細かく揺れ動く小皺を畳んで居た。まだ午食のすぐあとなので、海に浸つて居る人は少なかつた。が、砂の上には翠と朱黄の明るいオーヴァーを着けたロシヤの娘達が三四人、もう、日傘をぐる〳〵まはしながら歩いて居た。（二）

夏の海岸の美しさが描かれた文章であり、植民地故の影や悪は見当たらない。

この後も一家の舟釣りや家庭菜園の情景が描かれ、兄弟の睦まじさや一家の幸福な団欒が、D市の自然や街の美しさ[12]と重なって描かれている。

だが、M社の中年社員である「彼」は、満州の生活が「極楽」で「非常な満足を以て考へて見る」が、どこか不安である。その一因は鷺氏も言う[13]ように、根無し草としての意識であろう。「彼」は出稼ぎにすぎず、内地に帰る願望を持っている。作中では「如何にも日本人らしい望みのために」と説明されるが、彼は大望を持って満州に来たのではなく、東京での「苦しい生活から逃げる様に満州にとび立つたのであ」る。生活や金のために彼らはD市にいるのであって、大連に骨を埋める気はない。つまり、大連は「彼」にとって異境にすぎず、安住はしていない。

もう一つの理由としては、「彼」の小市民的心情がある。

> 併し、ずつと不如意な生活に慣れてきた者は、幸福な生活にはいつてからも、そんな幸福にほんとに自分が値するかどうかを臆病さうに疑つて見るものだ。そして、更に滑稽なことに、その幸福の保証のために、時々小さな心配や苦労をさへ必要とすることもあるのである。（二）

いささかシニカルな人間観であり、「彼」の不安はそう大きなものではないが、臆病さと幸福感が同居する中年男の心の襞を描いている。

以上のように全体的に見れば、外地で暮らす幸せな市民たち（日本人たち）が描かれているが、彼らは大なり小なり、中国の人々を搾取しているのも事実である。

D市（および満州）は、やがて日本の敗戦で崩壊する。現代の眼から見ると、「彼」の不安は「内に常に崩壊と転落の危険をはらんだありよう[14]」という鷺氏の言説のようになるが、実際に「彼」がそういった意識を強く持っていたかは疑問である。（同様に、語り手も植民地社会への憤りや崩壊の予感はなく、搾取する人々への批判を露わにしない。）例えば二章の終わりには、一家の楽しい晩餐の様子が描かれる。末っ子の奇妙な質問——性的無知による質問——に対して、「次の瞬間には、小さな、その質問者を残して食卓のまはりがどつと笑ひ崩れ」、ロシア人が登場して、

するとまた、そのびつくりした様な顔付がをかしかつたといふので、一旦とだえた笑声が再び起つた。（二）

それが一しきり続いた。

かくの如き描写を見ると、「内に常に崩壊と転落の危険をはらんだありよう」とは言い難い。また、一章のY氏にあったような差別意識は、二章の人々には直接には見られない。二章は、中年社員たちの少し贅沢でつつましい幸せな様子が描かれており、「喧嘩」にあるような冷たい不和もない。語り手にも川村氏の言う「皮肉っぽい視線」[15]はあまり感じられない。

五

次に、三章の苦力たちである。彼らは一章から登場して、暑さにぐったりしていてY氏には厄介者として映っている。が、彼らは植民地政策の被害者であり、不合理な軽蔑（差別）を受けている。

不況によって二人の苦力は働き口を失い、空腹に耐えかね無銭飲食しようとする。貧に迫られてのせっぱ詰まった行為とも見えるが、彼らは無垢な弱者ではない。一人は買春して金がなくなり、一人はかつて「警察署の前でわざと乱暴を働いて、やつと留置場で飯にありつ」いたように、小心だがしたたかな面も持つ。

空腹に苦しんでいた彼らは、「厨房の中からの熱い臓物の揚げ物の匂ひ」に誘われ、「何とかなるさ。食つて了へば。」と、無銭飲食をする。満腹し酔っぱらい、「現在金銭もないのに飲食して居るのだといふ事実さへ忘れて了」う。彼らの眼前では、料理人による猫の解体が行われる。(16)

続いて、「此の猫の料理を見て居る中に、ふと彼等の心の中には、何か、ひどく乱暴なことをして見たいといふ欲望が起つてくるのであつた。この残忍な快い気持の昂奮は殺伐な料理が進行するにつれて段々昂まつて行」く、彼らのアナーキーな心情が描かれる。彼らは猫を釜の湯の中に放り込み、店員たちとの喧嘩の後、往来に放り出される。

投げ出された二人は投げ出されたまゝの姿勢で、重なりあつて倒れたまゝ、動かなかつた。彼等はいゝ気持になつて居た。なぐられた節々のいたみを除けば、凡てが満ち足りた感じであつた。腹は張つて居るし、アルコホルは程よく全身に廻つて居る。一体、之以上の何が要らう?

七月の午下がりの陽がじり〳〵と彼等の上に照りつけて居た。人がぞろ〳〵彼等のまはりに立ちはじめた。

二人は白い埃と彼等自身の顔から流れて居る血の匂ひをかぎながら、ひどく好い気持で、重なり合つたまゝ、昏々と眠りに落ちて行つた。

（未完）（三）

彼らは殴られ往来に放り出されても、「なぐられた節々のいたみを除けば、凡てが満ち足りた感じであ」り、「昏々と眠りに落ちて行」く。この姿は「巡査の居る風景」で、趙に慟哭されるチゲたちと似ている。しかし、「巡査の居る風景」のチゲたちは、苦力たちのように悪事を為した後で満足して寝ているとは思われない。そして、趙は同胞が置かれた状況に慟哭しているのに対して、「Ｄ市七月叙景㈠」では、自国民の惨状に慟哭する人間は登場しない。

　苦力も中年社員およびＹ氏も自分や身内のことは考えるが、民族や国家レベルでの思考や行動はない点で共通する。しかし、前二者はともかく、苦力たちにいささかの責任はあるものの、日本による搾取の結果追いつめられ、無銭飲食をしてなぐられ往来で眠るのである。他の二者（総裁・中年社員）の人生は、彼ら自身の選択による。彼らは大連にやって来て、金を稼ぎ日本に去っていく。苦力たちにはそんな選択肢はなく、どこにも逃げ場はない。自暴自棄的に「昏々と眠りに落ちて行」く苦力たちの姿は、植民地「Ｄ市」の一つの象徴である。

六

　以上のように、この作品ではＤ市（大連）に住む人々が階層ごとに描写され、彼らの状況や心情が読み取れる。が、部分がうまくても全体が迫ってこない。その原因は登場人物たちが、結局のところ自分たちの状況に満足している（させられている）ことであり、かつ作品の構造――三話のオムニバス形式――にある。各章が交互に響き合えば成功作となろうが、登場人物間に関係や共通性が薄いために、各章の有機的な繋がりが弱い。（それは、全体から浮かび上がってくるものの弱さであり、語り手の三者に対する思い入れの弱さでもある。[17]）
　部分部分の描写はうまく、「Ｄ市の雰囲気を如実につかみ出し、Ｄ市という植民地のメカニズムを浮き彫りにしている」[18]（濱川氏）としても、Ｄ市に住む人々の奥底にある「真実」を描くためには、より多くの相互交流や葛藤が必要である。それには、日本人の差別や植民地の搾取体制をより深く描き、体制への憤りとともに客観的冷静さが必要となる。[19]それらは融合して、「苦力の、目覚めの後に、何があるべきか、という問い」[20]（濱川氏）になるし、答へと通じていよう。

中島は「D市七月叙景㈠」で、差別される中国人や差別する日本人たちを描いた。だが、「叙景」とあるように深いものとは言えない。仮に、語り手が距離を感じないのが中年社員やその家族だとしたら、この作品の限界は明らかだろう。中島は正義感からの描写意欲はあっても、中国の人々に強い絆を感じなかったのではないか。結局の所、彼は日本人のエリートであり、かつ、土地の人々と距離を持つ故郷喪失者だったのかもしれない。つまり、彼にとって朝鮮も中国も故郷ではなく、現地の人々との強い共感（絆）も持てなかった。そして、思想的にもプロレタリア文学（共産主義）との距離を感じていたのではないか。（その後の作品にも「共産主義」的なものは描かれないし、好意的な紹介もない。）

当時のプロレタリア文学の影響と作品世界の拡大意欲から、「巡査の居る風景」や「D市七月叙景㈠」は執筆されたが、「共産主義」的なものや差別される人々に強い愛情が持てないとしたら、それは空回りする危険性がある。そのためか、「D市七月叙景」シリーズは㈠で終わる。

また、シリーズ放棄の他の理由として、大連の雰囲気が満州事変（昭和六年九月）以降変わってしまったこともあろう。[21]昭和四年頃の大連は植民地としての矛盾を孕みつつも、美しい都市であり比較的平和であった。「D市七月叙景㈠」二章からもそれが読み取れる。事変後の変わってしまった大連に、中島の食指は動かなかったのかもしれない。[22]

大学卒業後、中島は教員になり家庭を持つ。彼がすぐに描けるものは、現前の教師生活を別にすれば自分の過去であり、朝鮮や中国である。そこで描かれたのが、趙という友人との交流を描いた「虎狩」や、自分の伯父を描いた「斗南先生」であり、中島の分身たちが蠢く「北方行」であった。中島は大学三年間の空白を挟んで、朝鮮・中国・日本を舞台として、自己と他者を表現することになる。

注

（1）川村湊『狼疾正伝』（河出書房新社　平成二十一年六月）
（2）鷺只雄『中島敦論――「狼疾」の方法――』（有精堂　平成二年五月）
（3）大学の一年先輩であった吉田精一に、次のような回想がある。
　私の大学時代、中島、それに氷上英廣君や釘本等と一しょに「しむぽしおん」という同人雑誌を何号か出した。

吉田精一「中島敦の思い出」（『中島敦全集　別巻』筑摩書房　平成十五年五月）
（4）大学三年間は、創作的には空白期であった。だが、中島の作家希望は失われず、大学卒業後（昭和八年）、忙しい教員生活の合間に創作に励んでいる。
（5）前注の吉田精一の文章中に、次のような一文がある。
　それにしても一高の「校友会雑誌」などで彼の文才はみとめていたが、今日ほどの文名を得るとは、生前かつて予想もしなかった。

　高校生時代の習作は、それほど評価されていなかったということである。
（6）濱川勝彦『中島敦の作品研究』（明治書院　昭和五十一年九月）
（7）注（2）による。
（8）山本条太郎の満鉄総裁の在職期間は、昭和二年七月から昭和四年八月までである。
（9）安福智行「『D市七月叙景㈠』論――「満州日報」を視座として――」（「京都語文」第八号　平成十三年十月）
（10）注（2）による。
（11）山本条太郎は若いときから三井物産に勤め、常務まで出世した。が、大正三年のシーメンス事件に連座して、会社を辞める。その後、衆議院議員になり、政友会の幹事長にまでなる。満鉄総裁の時は、コスト削減や官僚体質の排除などの社内改革を行っている。つまり、「D市七月叙景㈠」に描かれたような軽い人間ではない。
（12）松原一枝氏の回想によれば、昭和の初めの大連は、満州の中で「もっとも美しい都市」であり、満州事変（昭和六年）

『幻の大連』（新潮新書　平成二十年三月）
まで、平和であったと言う。
(13)注（2）による。
(14)注（2）による。
(15)注（1）による。
(16)鷺氏も指摘しているように、これは「視覚的に極めて鮮明な描写」である。注（2）による。
(17)後年の代表作「李陵」も主人公が二人いて、オムニバス形式である。だが、彼らには作者の強い思い入れがあり、オムニバス形式とはいえ、李陵・司馬遷たちの生は響きあっている。
(18)注（6）による。
(19)この作品には悪に対する憤りも、問題を摘出しようとする強さもあまり感じられない。そのことが、描写はうまくてもどこか中途半端な感じを読者に与える。そして、それは中島も分かっていたのではないか。後年、死ぬ直前の随筆「章魚の木の下で」で、彼は次のように書く。
　現在我々の味はいつつある感動が直ぐに其の儘作品の上に現れることを期待するのも些か性急に過ぎるやうに思はれる。自己の作物に時局性の薄いことを憂えて取つて付けたやうな国策的色彩を施すのも少々可笑しい。戦時中の便乗的な作品ほどではないにしろ、自作と自分自身の間に、「取つて付けた」ような距離感を感じていたのかもしれない。
(20)注（6）による。
(21)注（12）の松原一枝氏の回想を参照されたい。また、中島の父親が大連第二中学校を退職し、帰国したのは昭和六年十月であり、それ以降、中島と大連は縁遠くなる。
(22)満州事変後の「大連」は、その後、姿を変えて「北京」（「北方行」の舞台）になったのかもしれない。

八　卒業論文――「谷崎潤一郎論」――

一

中島の大学の卒業論文――「耽美派の研究」（全四章）――は、四百字詰原稿用紙で四百二十枚の大部なものである。そこで考察された文学者は森鷗外・上田敏・永井荷風・谷崎潤一郎たちであるが、中心は三章の荷風と四章の谷崎である。（中島敦全集[1]のページ数で言うと、一章は28ページ、二章は34ページ、三章は90ページ、四章は60ページである。）

論文の提出は昭和七年十二月二十八日であった[2]。論文作成の状況は不明だが[3]、当時彼は恋愛問題や就職活動などで忙しく[4]、論文作成にあまり時間は取れなかったようである。

また、昭和六・七年と言えば、満州事変や上海事変、五・一五事件などの事件が起こり、日本は戦争への道を進みつつあった。文壇的にはプロレタリア文学の末期であり、文芸復興期の入り口に当たる。いわば一種の変わり目のこの時期に、なぜ中島は高校時代の習作に近いモダニズム文学やプロレタリア文学ではなく、耽美派の文学を選んだのか。

それは中島の耽美派への愛着や憧憬、特に耽美派の代表者たる谷崎潤一郎への強い思い故であろう。卒業論文で、中島は次のように書く。

私は其の個々の作品に於て、志賀直哉氏・佐藤春夫氏・乃至は久保田万太郎氏の芸術を最も愛するにも係らず、一人の芸術家としては、此の、今迄「大きな未完成」であつた谷崎氏に最も多くの期待をかけたいのである。

（「耽美派の研究」『中島敦全集3』一七四ページ、以下、ページ数のみ示す）

志賀や佐藤・久保田の文学を「最も愛するにも係らず」、「一人の芸術家」として最も期待するのは、谷崎だと言う。この思い入れの強さが卒業論文に影響を与えている。北野照彦氏も言うように、「中島は『永井荷風論』では研究者の立場で」論じたが、「『谷崎潤一郎論』になると俄然、中島の内の作家志望者が思わず顔を出し、作家志望者が先輩作家の創作方法を注視する眼で、潤一郎を論じてしま(5)」っている。

考えてみれば中島と谷崎の違いは大きいが、同じ経歴（一高から東大文学部国文科）の先輩・後輩関係である。しかも、中島は大学生時代に享楽的な生活を送っていて、谷崎の描く文学世界と無縁ではない。文学的にも「下田の女」・「ある生活」・「蕨・竹・老人」には思想や社会性よりも恋愛や女性が描かれていて、かつ耽美的傾向があり、谷崎文学の世界とは遠くない。彼が谷崎を、卒業論文で考察しても不思議はない。

だが、大学卒業直後から執筆した「北方行」で女性や恋愛が描かれるにしても、同時並行の「虎狩」や「斗南先生」、そしてその後の作品の多くが、谷崎風の耽美的雰囲気から遠い。しかも卒業論文の谷崎論が「その殆どを佐藤春夫と小林秀雄の所論に依拠しているのであって、自らの創見を発酵させるまでに十分な熟成を経ていないことは明らか(6)」（鷺只雄氏）なため、多くの研究者から重視されていない。

確かに中島の谷崎論は、佐藤春夫や特に小林秀雄の影響が強い(7)。だがそうだとしても、大学時代の「空白・沈黙期における唯一最大の著述が『耽美派の研究』なのであり、だとすればこれが持つ意味の大きさ、重要性の所以は自ずから首肯される」[8]（鷺只雄氏）のである。また、「耽美派最大の功績」を「新しい感覚美の発見」にまで広げて考えれば、それが中島の文学に生かされているという見解――「『狼疾記』の課題の発見を促し、更に、狼疾・狂・死というテーマに芸術的表現の形を与えて〈文学の領域につけ加へ〉た『古譚』の創作に至る」[9]（北野昭彦氏）――も頷けるものである。（ただし、中島の狼疾と「新しい感覚美」とはいささか異なっている。）

次節以降、中島の卒業論文の「谷崎潤一郎論」（四章）に絞って、彼が谷崎や谷崎文学のどこに興味を持ち、どう評価しているかを考える。

二

中島は谷崎文学の特色として、まずその女性像の特異さを指摘する。

谷崎が「文壇に出て以来、常にくりかへし、くりかへし試みて居た」のは「女性描写・愛欲描写」（一六三）であり、「痴人の愛」（大正十三～十四年）を、この時点での谷崎の代表作とする。そこでは「妖婦」が描かれ、「氏が、昔から繰返し繰返し、妖婦型の女性を書き来つたのは、云つて見れば、此の『痴人』の痴態を示さんがためであつた」（一六四）と中島は考える。[10]

この谷崎の「女性・愛欲描写」に、中島が興味を持った点は注目される。東西の思想の中で教養を深めてきた当時の学生たちにとって、恋愛や女性は正面切って語るものではない。だが、谷崎は、中島が習作で描かなかった恋愛や女性に深く踏み込んでいる。それらは、恋愛や女性描写への後ろめたさを破るものである。

だが、中島と谷崎では、恋愛への態度が違う。例えば中島は「北方行」で恋愛を描くが、同じ恋愛と言っても、中島には思考優先の傾向がある。普通は体験から思考へと移行するが、中島には思考して行動する傾向がある。「北方行」に、次のような主人公の感慨がある。

その頃、どんな気持で女に対してゐたか、今は覚えてもゐない。たゞ恋愛といふ気持だけは殆ど知らず、恋愛といふ一定の概念以外に恋愛といふものはないと早くから信じてゐたやうであつた。（中略）彼は次第に慣れて、刺戟を失つてきた、はじめ彼は自分が意識して女についての実験を行つてゐるのだと固く信じ、習慣や惰性の重さを計るのを怠つてゐた。（全然）反省がなかつたといふのではないが、反省があるから大丈夫だといふ意識がそれ以上にあつたのだ。所が、それは丁度他人の［吃音］真似をしてなつた吃音者の場合のやうに、彼が気がついた時にすでに彼は完全に、その習慣の惰性に執へられてゐた。女は［どんな女もすべて］彼にとつて何の変哲もないものとなつた。（第三篇三）

引用文の前半から、思考重視の傾向がうかがわれる。恋愛を概念で捉える主人公の恋愛観と、谷崎文学との違いに注目したい。

続いて、谷崎文学の「著るしい傾向」として、次の四点を指摘する。(11)

即ち、悪魔主義的傾向。感覚の変態的傾向。空想的、神秘的異国情緒的傾向。及び、懐古的・古典趣味的傾向がそれである。（一七五）

中島は悪魔主義的傾向や変態的傾向については、あまり言及しない。それは、中島にそういった傾向・嗜好が少ないからだと考えられる。対して、三番目の「空想的、神秘的異国情緒的傾向」については詳述している。

これは凡ての耽美派のみならず、又凡ての浪漫主義文学に共通する所の傾向で、現実の外に芸術境を求めんとすれば、その空想は、いきほひ神秘的怪奇的となりがちであつて、その現実遊離が空間的になされるとき、そこに、異国情緒が生れ、時間的に行はれるとき、そこに懐古趣味が生ずるのである。（一八二）

空想的なことが谷崎の耽美派たる大きな特徴として捉えられ、それは中島のエキゾティシズムや怪奇趣味とも通じる。が、次の文章で、中島との距離が感じられる。

此の空想的といふこと、――しかも、強烈な感覚を背景にもつた空想――は、自然派の作家の経験の尊重に対して、最もあざやかな、反自然主義的耽美派の面目を成すもので、この故に潤一郎氏が耽美派の代表者と見なされるのだと云つても差支へない位である。（一八六）

「強烈な感覚を背景にもつた空想」は官能と通じており、中島には見られないものである。なぜならば、それは「肉体的にも健康で、精力の旺盛な」谷崎故に可能だからである。そして「自分のことを決してかかない」（一七三）とされる谷崎の空想は「凡て、彼の感覚の｜肉体的感覚の裏うちがあ」り、「それ故にこそ、彼の空想が、生き生きとした感覚性を持つに至る」（一七四）。谷崎には、中島の憧れる「豊かさ」がある。それに対して中島は精力旺盛とは言えず、感覚的にも自分の中の「乏しさ」――「斗南先生」や「過去帳」で主人公たちを苦しめたもの――の自覚を持ち、「豊かさ」を日頃から求めていた。

続いて四番目の「懐古的・古典趣味的傾向」に言及し、谷崎の歴史小説の分析が続く。執筆時期や分量に違いがあるが、谷崎の歴史小説の中心は「女」であり、中島の場合は「男」であり、女性の登場は少ない。

二人の作品で重なる登場人物（女性）として、中島の「弟子」（『中央公論』昭和十八年二月号）と谷崎の「麒麟」（『新思潮』四号　明治四十三年十二月）の南子がいる。次節において、谷崎の描いた南子について考えてみる。

三

谷崎の「麒麟」は発表当時から好評で、研究者にも評価されている。[12] 中島はこの作品を、次のように評する。

この妖婦は「麒麟」の中では、衛の霊公の寵妃南子である。彼女は、その美を以て、聖人たる孔子の徳と争って、霊公を孔子から奪ふ。焙烙に顔を焼かれたり、頸に長枷を嵌めて耳を貫かれたりする罪人の苦しむ様を喜び眺める南子の妖しい美しさに対しては、孔子と雖も、之を如何ともすることが出来ない。彼をして、「我未だ徳を好むこと色を好むが如くなる者を見ざる也」の嘆を発して流浪の途に上らせるのである。（一四四）

そして、谷崎の初期作品を、「いづれも色彩の鮮やかな、くつきりした線の太い、いはば、装飾図案風の作品で、概念に美しい文章の衣を着せた様な所がある。」（一四六）と概評して、次のように続ける。

即ち、彼の画く悪魔的なものの中には、二つの種類があつて、一つは作者自らの心情の裏づけをもつたもの、一つは、それから遊離して、性格のない、観念的悪魔、傀儡的悪魔に堕し去つたものである。前者には弱さの美があり、後者には強い悪の美がみられる。（中略）後者に属するのは、多く女性であつて、彼の「毒婦もの」

を成すもの、「刺青」「麒麟」にはじまつて、（中略）「無明と愛染」等に現はれる妖婦の型が、それである。後者には、前者に見られるやうな性格的な描写はないが、作者にあやつられる傀儡であるだけに、それだけ、絵草紙的な美しさを持つてゐる。

（一七七）

中島はこのように言うが、「麒麟」に描かれた南子の美や悪は観念的で、「魔性を帯びているとは思え」[13]（中村光夫）ない。「作者にあやつられる傀儡」の「絵草紙的な美しさ」もそうだが、中島の言うほど、南子に「強い悪の美」は感じられない。中島が言いたいのは、谷崎文学における執着の強さや体質的な好みであろう。ただこの点に関しては、中島の資質や好み（悪魔的なものに対する執着心の薄さ）と反するためか、解釈は掘り下げられず追究は弱い。（ちなみに、中島の描く南子（「弟子」）には、妖婦性はあまりない。）

この点を次節で、中島の側から考えてみたい。

四

前述したように、中島と谷崎の文学的違いの一つとして、中島の代表的な歴史小説（「弟子」や「李陵」など）では、谷崎文学のように女性が主要な役割を持っておらず、男性たちが彼らの志に従って行動している点がある。そこから、「人間と人間を結びつける愛についての認識が欠けている」との「大きな落丁」[14]（荒正人）や、目的に執着して視野が狭くなりがちとの指摘[15]が生じる。

だが、勝又浩氏が言うように「中島敦の場合、幸か不幸か、『愛』の問題は生活の中で片づいてしまったのだ。そして、ここが大事なところなのだが、片づけられなければならぬとしたのが、彼の信条であり、思想でもあった」[16]。

「『愛』の問題は生活の中で片づいてしまった」の真偽はともかくとして、「片づけられなければならぬ」と中島が思っていたのは、彼が倫理的で、かつ自己告白のタイプの人間・作家ではないからだろう。中島は、スティブンスン（「光と風と夢」）に仮託して、次のように言う。

真の芸術は（中略）自己告白でなければならぬといふ議論を、雑誌で読んだ。色々な事を言ふ人があるものだ。自分の恋人ののろけ話と、自分の子供の自慢話と、（もう一つ、昨夜見た夢の話と）―当人には面白からうが、他人にとつて之くらゐ詰まらぬ莫迦げたものがあるだらうか？（十九章）

しかし、告白できないのは、ある面では弱さと通じている。自らの人生に自信が持てないときは、特にそうである。スティブンソンは妻（ファニイ）への愛情に対して、次のように言う。

しかし、ファニイとの結婚を心に決めながら、同時に俺が、他の女達に何を語り何を為してゐたかを書くことは？　勿論、書けば、一部の批評家は欣ぶかも知れぬ。深刻無比の傑作現るとか何とか。併し、俺には書けぬ。俺には残念ながら当時の生活や行為が肯定できないから。（中略）
一体、俺はファニイを愛してゐたのか？　恐ろしい問だ。恐ろしい事だ。之も分らぬ。兎に角分つてゐるのは、私が彼女と結婚して今に到つてゐるといふことだけだ。（十九章）

スティブンスンは、「審美的倫理観」から肯定できない生活や行為は書きたくないとも言う。これらは、中島の「審美的倫理観」とも近い。中島には谷崎のような美（女）への強い追求はないし、審美的倫理観と裏腹の強い自己分析癖（その果てに狼疾）が存在する。[17]

続いて卒業論文で、谷崎を「よく行とどいた理解力が見え、又、相当に博い学殖も窺はれるけれども、少しも、鋭い科学的な分析や批評眼が現れて来ない。」（一五一）と批判している。どこまで谷崎に当てはまるかは疑問だが、ここも谷崎と中島の差であろう。中島は、「鋭い科学的な分析や批評眼」が作家には必要だと自覚している。

五

中島は卒業論文の終わり近くで、谷崎が「多くの、不完全な失敗作を残してゐる」（一七二）ことを指摘して、その原因を「材料が勝ちすぎて、乃至は構想が大きすぎて、作者がそれについて行けなかつた」ためとする。しかし、谷崎の独自性を「小型の完成品（中略）を、しり眼にかけて、常に大がかりで、派手な、だが、不完全な作品を、性懲りもなく、製作してゐた」（一七三）ことだとする。しかも、「一体、派手な空想的な作風の所有者は、多く、その青年期が過ぎ、華美な幻想的な気分が失はれて行くにつれて、その光彩を失ふものであるのに」（一七四）、谷崎は「年、漸く四十歳を越してから、やつと完成の域に入りかけた」と評価する。（若い時の谷崎の失敗は、中島にとって慰めであろう。）

続いて谷崎を「本格的な構想的ロマン作家」と認め、成功した作品は「力量的でありハツラツとして健康である」（一七三）として、卒業論文の最後で、谷崎の今後の十年間に、「日本文学に珍しい『大きな』しかも『芸術的完成』」（一七四）を期待すると述べる。

谷崎の今後への大きな期待は、自分に対する激励や願望でもあろう。失敗を繰り返しながらも、自分の文学を追究する谷崎の存在は激励であり、逆に、文壇的・社会的立場の差の実感でもある。耽美性・享楽性に共感するとしても、谷崎のような官能や体力は中島にはない。

卒論を書くことにより、彼は谷崎と自己との差を実感し、独自な世界を得なければと思ったのではないか。習作とは違う、新しいステージへの意欲でもある。それは、後年（昭和十二年）、短歌を集中的に詠むことによって、叙情的かつ自己的な短歌的世界に別れを告げ[18]、新たな文学（中国の古典を原典とする世界）へと進むことと似ている[19]。

六

中島の卒業論文は耽美派のまとめであるが、耽美文学のその後の展望や、時代の中での位置づけへの言及はない。考えてみれば分かることだが、谷崎や荷風の文学は彼ら独自のものであり、そこに簡単に手が届く類のものではない。家族のために稼ぎ、谷崎や荷風ほど耽美的になれない中島にとっては、状況や時代も違い、彼らが作り出す耽美的文学とは距離を取らざるを得ない。

その後（昭和十年代）の谷崎たちの動向を簡単に紹介すれば、谷崎は昭和十一年に「猫と庄造と二人のをんな」を発表し「源氏物語」の現代語訳に打ち込み、第二次大戦中の「細雪」は発表不可となる。荷風は昭和十二年に「濹東綺譚」を発表した後、自分の世界に閉じこもる[20]。

中島は文学的には耽美派とは離れていくが、大学卒業（結婚）後の単身生活[21]、また、「新しい感覚美」を作ろうとする態度が、「過去帳」での内面（狼疾）の描写や『古譚』の造型に影響しているとすれば、谷崎の耽美主義的なものや生き方の影響は、喘息で身動き取れなくなるまでの数年間続いたと考えられる。中島は教員生活を送りながら、「斗南先生」・「虎狩」のように自分の過去を対象として、自己の内面をも表現する。

その時、大学時代の三年間の空白は事実として残り、自己の宿命——「自分は作家となるやうに生れついてゐるのだ。誰が何といはうと、それは定《きま》つてゐるのだ。」（「北方行」第一篇二）――が彼を駆り立てていく。

注

（1）『中島敦全集3』（筑摩書房　平成十四年二月）

（2）妻あての書簡（昭和七年十二月二十七日）によれば、提出は十二月二十八日のようである。

（3）大学の同級生であった山口正氏に、次のような回想がある。

　二年次の終期に臨んでいて、仲間の寄り合いでも卒業論文のことが語り合いの中心となっていたので、私が知っている限りの情報を語ったに相違ない。驚いたことに、中島君は大部分について出来ていると言って、私を羨ましがらせた。出来ているといったのは、下書きか清書か、そのどちらにしても偉いなと思ったことを覚えている。ただ、この時中島は酔っぱらっており、どこまで事実を言ったかは疑問である。

山口正「中島敦の狐心と壮心」（『解釈』四月号　平成五年四月）

夜明けの薄明かりの中で、卒業論文のことへと語り合いが進んで、耽美派の研究をかなり深めていた彼が、万葉の修辞を考えている私の言葉に、これもはっきり覚えているのだが、実に明るい顔つきで何やら意見を言ってくれた。

山口正「仲間と同志」（『解釈』十二月号　平成四年十二月）

私も、問われるままに実情を語った。万葉修辞の研究、という大きな題目にしてしまったことを言ったとき、明らかに目の色が変わった。大和言葉の表現美ならば自分にも大いに関心があると、このこともはっきり聞きとれた。（中略）中島君は表現美に魅せられている人物がここにも居る、と受け取ってくれたのであろう。

山口正「中島敦の狐心と壮心」（『解釈』四月号　平成五年四月）

山口氏も言うように、酔った上での中島の発言であるから、どこまで本当かは不明だが、卒論に対する意気込みは伝わってくる。

（4）この年の三月と八月には妻を名古屋に訪ね、秋には朝日新聞社を受験している。
（5）北野昭彦「〈耽美派〉という歴史」（『中島敦』双文社　平成四年十一月）
（6）鷺只雄『中島敦論――「狼疾」の方法――』（有精堂　平成二年五月）
（7）小林の「谷崎潤一郎論」（『中央公論』昭和六年五月）から、中島の言説に影響したと考えられるものを、二点紹介する。

　氏は理想家である。だが、眼前にはいつも眼にみえるかたちを、心にはいつも実際的感情を必要とする理想家だ、不断に肉体的衝撃を受ける事が、どうしても必要である処の理想家だ。この一見相反する二つの型の結合は、問題を複雑にする様だが、実は簡明なのだ。問題が複雑になるのは、この両類型の力が弱い個性の場合に限るので、氏の様な強烈な自我をもつた作家の場合、肉体的意識の裡に沈潜すると共に、あらゆる思想が放逐される。いや、社会的文化概念そのものが放逐される。この官能的理想家の世界観は必ずしも簡単ではないが、全く純一だ。氏にとって世界は、氏が心を傾けて消費しようと希ふ肉体的生活に、言はば物理的な正確さで不断に栄養を供給する、貰ふものが快楽にせよ、苦痛にせよ、悉く満足な存在なのだ。若し唯美主義といふ言葉が必要なら、こゝに谷崎氏の全然反ワイルド的唯美主義の源がある。　（4）

　恋愛が最も重要な殆ど唯一の題材であり、その分析を全く放棄して、その陶酔と苦痛との裡に自意識の確立を企画したこの作家は、「痴人の愛」に至つて、その愛経を完成した。痴人の愛は、痴人の哲学の確立である。世を嘲笑する術を全く知らず、進んで敗北を実践して来た氏の悪魔が辿りついた当然の頂である。生ま生ましい感動が、これ程静かに語られた事はない。何等人を強ひるものをもたぬ、一見凡々たるこの物語は、「此れを読んで、馬鹿々々しいと思ふ人は笑つて下さい。教訓になると思ふ人は、いゝ見せしめにして下さい」といふ又平凡な結語で終る。だが、何と沢山な戦が戦はれたか。氏は確信を持つて語つてゐるのだ、痴人こそ人間である、と。氏の「此の人を見よ」である。　（5）

「普断に肉体的衝撃を受ける事が、どうしても必要である処の理想家だ」や、「氏の様な強烈な自我をもつた作家の場合、肉体的意識の裡に沈潜すると共に、あらゆる思想が放逐される」、また「恋愛が最も重要な殆ど唯一の題材であり、その分析を全く放棄して、その陶酔と苦痛との裡に自意識の確立を企画した」との小林の指摘と同趣のものが、中島の卒業論文にも登場している。

小林秀雄の文章の引用は、『新訂　小林秀雄全集』（新潮社　昭和五十三年五月）による。

（8）注（6）による。

（9）注（5）による。

（10）対して、中島の習作群に妖婦は登場しない。「蕨・竹・老人」のお光にその片鱗があるが、妖婦とは遠い。ちなみに、後年の小説中で妖婦に近いのは、「弟子」に登場する南子か「妖氛録」の夏姫であろうが、その描写は谷崎のものに比べれば淡泊である。

（11）こういった分類は、「斗南先生」中の三造の自己分析を連想させる。

（12）早い時期の研究者たちの評価を紹介すれば、「堂々たる構想」や「豊富な語彙」が賞揚されたり（吉田精一）、主題を「〈美しき者〉への力への讃仰」だとし（高田瑞穂）、「霊公の中に存在する二つの人格」に注目し、「色と徳とが互に相反しながら、しかも常に人間にとっての最大関心事であることを心からふしぎに思う情」が指摘されている（林四郎）。逆に、欠点としては孔子の善や徳に対する南子の悪や美の描写が「芸術的真実性にとぼしい」（吉田精一）との指摘がある。

吉田精一『近代文学鑑賞講座9』（角川書店　昭和三十四年十月）

高田瑞穂『谷崎潤一郎の文学』（塙書房　昭和二十九年七月）

林四郎『谷崎潤一郎研究』（八木書店　昭和四十七年十一月）

中村光夫『谷崎潤一郎論』（河出書房　昭和二十七年十月）

（13）注（12）の中村光夫『谷崎潤一郎論』（河出書房　昭和二十七年十月）による。

（14）荒正人「ツシタラ・5」（『中島敦全集』文治堂　昭和三十六年四月）

（15）木村東吉「中島敦『弟子』論――行動者の救済とその限界――」（『国語と国文学』平成元年十二月号）

（16）勝又浩「中島文学と女性」（『中島敦』双文社　平成四年十一月）

(17) 谷崎も若い頃はノイローゼに苦しんでいたが、中年以降は迷いなく自己の道を進んでいる。
(18) 中島の親友・氷上英廣氏の中島宛の葉書(昭和十三年二月十二日)に、次のような文章がある。
歌御返しした、中々面白かつた。暫く歌なるものの存在を忘れてゐるやうな状態であつたので、一寸面食つたが、御陰で一隻眼を開いたやうな気がする、本屋などで、大家の歌集をあけてみるが、君の言葉ではないが、「我の居るべきところにあらず」といふ点が、ハツキリしてきた。一言を以て之を蔽へば　君の歌は感覚が勝つて居るやうだ。純粋さ、無邪気さ、美しさ、はかなさ、さびしさ、を感じる。

「感覚が勝つて居る」や「純粋さ、無邪気さ、美しさ、はかなさ、さびしさ」は褒め言葉だが、「一寸面食つた」あたりに、繊細で自尊心の強い中島には、時代に合わないものとの批判と受け取られただろう。彼の歌「デカルトの末裔われは去なむとす三十一文字を愛しとは思へど」(「Miscellany」)に、新しい地平に向かおうとする彼の複雑な心情が表れていよう。
(19) 彼が大学卒業後に書き始めた「北方行」は、「日本文学に珍しい『大きな』しかも『芸術的完成』」をめざしたものではなかったか。だが、中国を舞台とした「北方行」で描かれたのは、複数の女性が登場したとしても、結局は「狼疾」に悩む男性たちである。ロマン(物語)としては「力量感」が足らず、観念による閉塞感が強い。そのため、女性たちともかみ合わず、かつ当時の中国情勢の複雑さもあり、「北方行」は「本格的な構想的ロマン」にならなかった。(次章を参照されたい。)
内容も完成度も違うが、似たような小説として、横光利一の「旅愁」(昭和十二~昭和二十一)が連想される。
(20) その他の文学流派としては、モダニズムの作家たちは新たな展開を模索――代表者の横光利一は「純粋小説」を提唱し、昭和十二年からは「旅愁」を書く――しており、プロレタリア文学は弾圧のため、行き詰まっていた。中島とプロレタリア文学とのズレは「D市七月叙景(一)」で経験済みであり、転向文学は挫折という点では共通性はあるものの、共産主義と遠い中島には、近いものではない。
(21) 中島の大学卒業や就職は昭和八年の春であり、長男の誕生は同年四月であった。また、中島が妻子と横浜で同居するのは、それから二年後の昭和十年六月である。

九　昭和十年前後と「北方行」

一

中島が大学卒業後、父親の縁故で横浜高等女学校に就職したのは、昭和八年四月（数えで二十五歳）であった。不況の影響で、東大国文科卒業生三十八人中まともに就職できたのは数人であった。(1)中島は既に結婚していたが妻子とは同居せず、横浜に単身赴任する。(2)教師生活の合間に、「斗南先生」（昭和八年頃執筆）・「北方行」（昭和八〜十一年頃執筆）・「虎狩」（昭和九年頃執筆）、後には「過去帳」（昭和十二年頃執筆）を執筆する。大学時代と比べると旺盛な創作である。

何が中島を創作に向かわせたのか。一つは当時の文壇の状況である。昭和八年はプロレタリア文学が弾圧を受け、純文学系の文芸復興期の入り口にあたり、商業文芸誌も活況を呈する。(3)文芸復興の掛け声は、作家になりたい中島を勇気づけたであろう。だが、創作再開のもう一つの原動力は中島自身の焦りや不安である。

当時の彼の心境を推測させるものとして、「断片九」に次のような文章がある。やや自嘲的であるが、彼の心情の一面を表していよう。

三、彼は街を歩いてゐた。このころ彼は次第に自分の才能に対する自信をなくしてゐた。街を歩いてゐる中に彼の口の中で自然と、次のやうな文句ができ上つてきた。それは詩ではなかつた。彼は、（小説を書きたいと思つてゐたけれど）詩なんぞかいたことがなかつた。（中略）

才能のない私は
才能のないことを悲しみながら、
港町の
夜の盛り場を歩いてゐた

一体、私に何か、できることがあるのであらうか？
一体、私は何かになれるであらうか？
四月も末の日曜日で
華やかな衣装と軽いあしどりが、
そして時に異様なチンドンヤの行列が、
私の視野のすみをぼんやり流れて行つた。

才能のない私は
才能のないことを悲しみながら
頭をたれて
明るい街をのそのそと歩いてゐた。

私はもう廿五だ。私は何かにならねばならぬ。
ところで、一体私に何ができる。

うはべばかりの豪語はもうあき〳〵だ。
なかみのない、ボヘミアニズムも、こり〳〵だ。
人に笑はれまいとするきがねも、もう沢山だ。
（以下略）

この文章（詩）は、引用文中の「港町の夜の盛り場」や「私はもう廿五だ」、そして「四月も末の日曜日」という語句から、場所は横浜、時は横浜高女に就職直後の昭和八年四月末かと推測される。大学生時代のボヘミアニズムは結婚や長男誕生、そして女学校への就職により色あせていく。

「私は何かになれるであらうか？」「私は何かにならねばならぬ。」、これらの問いの望ましき答は、中島にとって作家である。がそのためには、「小説家になりたい」と願うだけではなく、創作という地道な努力が必要である。中島は高校生時代には創作活動を続けていたが、大学生時代の三年間は創作から離れていた。過ぎ去った時間への思いからか、「うはべばかりの豪語」や「なかみのない、ボヘミアニズム」などの反省の念が生じ、彼を苦しめているのだろう。(4)

また、詩中の「才能のない私」というのは、大学卒業後の創作活動と一見矛盾するようだが、高校時代の習作の反響のなさや大学時代の創作の空白が、彼をそういった思いにさせたのだろう。

過去への反省と未来への不安が彼を苦しめていようし、彼を「期待の星」視していた友人や一族にとって、女学

校就職は期待を裏切るものであった。(5)

二

この時期の中島の心情が推測できるものとして、勤務先（横浜高等女学校）の雑誌「学苑」（昭和九年三月）に寄稿した文章がある。そこでは、十年前への回想と現在の心境が語られている。

さて、それから春風秋雨、こゝに十年の月日が流れました。かつて抱いた希望の数々は顔の面皰と共に消え、昔は遠く名のみ聞いてゐたムウラン・ルウヂュと同名の劇団が東京に出現した今日、横浜は南京町のアパアトでひとり侘びしく、くすぶつてゐる僕ですが、それでも、たまに港の方から流れてくる出帆の汽笛の音を聞く時などは、さすがに、その昔の、夢のやうな空想を思出して、懐旧の情に堪へないやうなこともあるのです。

（「十年」）

「かつて抱いた希望の数々は顔の面皰と共に消え」や、「ひとり侘びしく、くすぶつてゐる」、そして「昔の、夢のやうな空想を思出して、懐旧の情に堪へない」などの思いは、昭和十二年頃執筆の「無題」や「過去帳」と似通っている。(6)が、この頃の中島は比較的健康であり、妻と幼児を東京に置いて独身生活を送っていた。それは創作のためでもある。創作意欲と前述の後悔や懐旧の念が混在している。

また中島は、「無題」で「中山」という国語教師に仮託して、次のように自分の状況を語っている。

若くして、妻と、妻を養う義務とを有ち、そのために、恐らく彼が一生の仕事としたいに違ひない、文学から離れて、女学校の教師をしなければならない、中山の身の上を憐れに思ふ。（中略）自分は決して尋常一様の女学校教師ではないぞ、といふことを自分自身に納得させる為に、彼はラテン語やギリシャ語を習つてゐるのではないか、と時々吉川は（四分の軽蔑と、六分の憐憫とを以て）考へる。

中山には、「若くして、妻と、妻を養う義務とを有」ったがため、「一生の仕事としたいに違ひない、文学から離れ」たとの不遇の思いと、「自分は決して尋常一様の女学校教師ではないぞ」という自尊心がある。「無題」は小説だから、どこまでが中島に当てはまるかは疑問だが、結婚は当人の意思であり、責任転嫁は逃げである。教師稼業の合間に創作活動は可能なのである。

また、文学に対する懐疑を「北方行」の伝吉に、次のように語らせている。

はじめ、むさぼるやうに、世界の文学の見本を読出した彼も、次第に読めば読むほど「文学」の無意味について考えさせられるに過ぎなくなつた。文学とは結局、他人の生活や思想、たゞ自分のそれとは異るが故に一見複雑深奥に見えるに過ぎない、が、実は他愛もない、それを読む事によつて、人間の考へ得ることの下らなさ、その範囲の狭さを益〻感じさせるに過ぎない所の、さういふ他人の思想にふれることだ。（第三篇㈠）

「『文学』の無意味」さへの懐疑、そして「人間の考へ得ることの下らなさ、その範囲の狭さを益〻感じさせるに過ぎない」との屈折した思いを、中島は抱いたかもしれないが、それは大きなものではなく、文学や作家への思いも「北方行」中で描かれている。

そういった揺れを含みつつも、中島は教師生活の合い間に創作に励む。[7] 幸いなことに昭和八年〜十二年頃の中島は、時折の喘息の発作を除けば、健康状態も悪くなく行動的である。[8] 昭和十二年頃に多作された短歌群中の歌には当時の生活の様子が描かれていて、日々の暮らしを楽しむ歌が少なからずあり、女学校の同僚の回想にも、登山や野球・旅行などに熱中する中島の姿が描かれている。[9]

だが、創作（小説執筆）の結果は満足すべきものとは言えない。「虎狩」は「中央公論」に応募して選外佳作となり、長編「北方行」（昭和八年〜昭和十一年頃執筆）は未完のままで終わり、その他の作品も発表されることもなかった。彼が当時最も力を注いだ「北方行」がなぜ未完になり、放棄されたのかを考えてみる。

三

「北方行」は、昭和八年から執筆されたと推測される。[10] この作品は北京を舞台として、中島の面影を持つ主人公たち（伝吉と三造）を描いた長編小説であり、作中の「現在」は、執筆時より数年前の昭和五年頃である。[11] つまり、「北方行」は満州事変前の中国を描いていて、時間的には「D市七月叙景㈠」（作中の時間は、昭和四年七月）と接続している。「北方行」に続きとの意識があったかどうかは不明だが、両作品の大きな違いの一つは、既に指摘されているように、主人公たちの「中島」化である。[12]

「北方行」では、主人公の二青年——伝吉と三造——の行為や思索が中心だが、この二人が対照的に見えながらも中島と少なからぬ共通点を持ち、かつ二人の消極的生き方——「生への情熱」を希求しながらも、「存在の不確かさ」に怯え、積極的行動に出ない——により、作中に各自の分析はあっても、見るべき行動や展開はあまりない。

また作品では、男女関係——伝吉と白夫人、その娘麗美との三角関係——が描かれていて、本来であれば、三者の内面の深化や相克が描かれるべきなのに、現状維持（行き詰まり）のままで終わる。それは混沌とした時代状況のせいもあるが、彼らの消極的生き方や退嬰的な恋愛観により、話が発展しにくいためでもある。

次に、伝吉の恋愛への感慨や反省を紹介する。（ここには、習作にはなかった恋愛の具体的な面が描かれている。）

> と、今まで交渉のあつた何人か女達の顔が眼の前に順ぐりに浮んで消えて行くやうな幻想が彼をとらへた。木偶芝居の面のやうに、みんな白く生気がないやうに見えた。女が今彼に見えるやうに見え出したのは何時頃からであらうか。子供の頃から、よく年上の女達に可愛い顔だといはれて虚栄心を喜ばされたことは覚えてゐる。初めて知つたのは中学の四年の時、年上の友人にさそはれて行つた私娼窟でであつたが、それから後、どういふわけか素人の生娘ばかり相手にするやうになつて了つた。その頃、どんな気持で女に対してゐたか、今は覚えてゐない。たゞ恋愛といふ気持だけは知らず、恋愛といふ一定の概念以外に恋愛なんていふものはないと早くから信じてゐたやうであつた。（中略）
>
> たゞ彼に堪らないのは、自惚屋、間違ひに気のつかない頭の粗雑な男と思はれることであつた。実際の成績が自分の予想より悪くてナアンダと笑はれることが此上なく羞しかつたのであつた。それと同じやうに、青年期になつて、女を口説くやうになつた時にも、彼は決して自分の熱情を「どうしても相手に受入れて貰はなければならない」といつた風に、絶対的に強いものとして、相手に打明けることはしなかつた。（中略）つまりこれは相手を必要以上に困らせたくないといふ気持よりも、むしろ、否定的な答を得た場合に自分が恥をかゝないやうにとの顧慮からであつた。（中略）
>
> 彼は次第に慣れて、刺戟を失つてきた。はじめ彼は自分が意識して女についての実験を行つてゐるのだと固く信じ、習慣や惰勢《ママ》の重さを計るのを怠つてゐた。（中略）

所が、それは丁度他人の吃音真似をしてなつた吃音者の場合のやうに、彼が気がついた時にすでに彼は完全に、その習慣の惰勢《ママ》に執へられてゐた。女はどんな女もすべて彼にとつて何の変哲もないものとなつた。しかも一日として側から離しておくことのできないものに。（第三篇㈢）

以上のように、伝吉の恋愛は思考優先の自閉的傾向の恋愛である。そんな伝吉に女たちは牽きつけられるが、結局は不毛の恋愛でしかない。彼らは「所詮は〝雑種〟であり、越境者であり、亡命者や難民に近い人々である」[13]との川村湊氏の指摘は正しいだろう。中島は彼らを生かすことも、ドラマを作り上げることにも成功していない。

だが、作品の利点を見る研究者もいる。奥野政元氏は次のように評価する。

「北方行」は第一篇から第五篇まで、かなり整然とスタティックに組織されている。そのためにかえって劇的な展開が見られないが、しかし「民国十九年（一九三〇年）」の北京にうごめく人物の姿には、一種の切迫した緊張、即ちある特定の状況に置かれた自己の存在をどのように受容するかという内面と状況の緊張に溢れている。彼にとっての構想とは、筋としての展開よりもこの「場」の設定にあったように思えるのである。[14]

氏の言うように、作中には「一種の切迫した緊張」があり、それを生じさせる「『場』の設定」は注目すべきだろう。中島は話の発展――「筋としての展開」（奥野政元氏）――よりも、停滞の中で苦悩する人間や「場」を描きたかったのではないか。[15]

それまで短編ばかり書いていた中島が、長編「北方行」に思想や人間ドラマを盛り込もうとした。たとえ失敗したとしても、「『北方行』という巨大な失敗作が大地となり、肥しとなって、いくつもの短篇小説を生み出」[16]（川村湊氏）

すのである。

次に、主人公たち二人の「狼疾」に注目してみたい。それは今まで、中島の小説に登場していなかったものである。

四

いつのころからか、彼は、自分と現実との間に薄い膜が張られてゐるのを見出すやうになつた。そして、その膜は次第に、そして、つひには、打破り難いまでに厚いものになつて行つた。彼は、その、寒天質のやうに視力を屈折させる力を持つ、半透明な膜をとほしてしか、現実を見ることができなくなつて了つた。彼は、ものに、現実に、直接触れることができない。（中略）如何に有毒な瘴気につつまれてゐたか、を見出して彼は慄然としたのであつた。自分とは何だ。現実とは何だ。そんなことは誰にも分りはしない。が、少くとも現在の三造にとつて、現実とは、今自分のふれてゐるものではないことは確かだつたし、又、自分の行為は、すべて自分の行為ではなく、自分の影の行為に過ぎないことも、それと同じやうに確かであった。

（第一篇㈡）

彼はそのこぶを見て驚くと同時に、へんに脅されるやうなものを感じた。テカ〳〵と赤く光り、彼とはまるで独立した意地の悪い存在のやうに、その男の襟の上に盛上つてゐる、そして、今までもそこにあり、これからもそこを離れることのない、その肉塊が、彼に宿命といふことを感じさせ、彼を恐怖におひやつた。不快な彼は、その不気味な肉塊によつて象徴される「人間の自由意志の否定」といふ事を考へつゞけたのであった。

（第一篇㈡）

伝吉の考へは再び「存在の不確かさ」に戻つて行く。彼が、かういふ不安を感じ出したのは、よほど以前、―まだ彼が中学生だつた時分からであつた。丁度、字といふものは考へはじめると、―その字を一部一部に分解しながら、一体この字はこれで正しいのかと考へ出すと、次第にそれが怪しくなつてきて、段々と、その必然性が失はれて行くと感じられるやうに、彼の周囲のすべてのものは、彼が気をつけて見れば見るほど、不確かな存在に思はれてならなかつた。それらが今ある如く、あらねばならぬ理由（必然性）が何処にあるか。もつとはるかに違つたものであつてもいゝ筈だ。今あるとほりのものは、可能の中で最も醜悪なものではないのか。さうした気持が絶えず中学生の彼につきまとふのであつた。

（第三篇㈠）

僕ぁ、オフクロを知らないんでね、オヤヂは嫌ひだし、兄弟は腹がちがふし、友達はなし、結局犬と一緒に死にたかつたんだね。それから、やつぱり、夜寝てゐてね、人類が無くなつたあとの無意義な真暗な無限の時の流れを想像して、その恐しさに堪へられずに、アッと大きな声を出して跳上つたりして、オヤヂに叱られたことも何度かあつたね。夜、電車通りなんかを歩いてゐて、ひよいと此の恐怖が起つてくる。（中略）僕は、「みんな亡びる、みんな冷える、みんな無意味だ」と考へながら、ほんとに、恐しさに冷汗の出る思ひで、しばらく其処に立止つて了ふ。（中略）それにね、子供の時ばかりぢやない、廿才を越してからでもかういふことがよくあつたんだ。子供の時に中つたか何かして嫌ひになつた食物が、一生食べられないやうに、この恐怖がもう沁みついちまつたんだね。

（第五編）

いずれも伝吉たちの「狼疾」の説明であり、彼らの「狼疾」に苦しむ姿が描かれる。しかし、お互いに影響し合い、

「狼疾」を克服していくべきなのに、それはない。彼らに境遇の違いはあっても、二人とも自分の生に不安があり、現状に留まってしまうため発展がなく、行き詰まり感をもたらしている。[17]

彼らが「亡命者や難民に近い人々」（川村氏）、そして「旅行者」という立場もそれを強めている。彼らは土地で生きる生活者ではなく、しかもあるべき位置や生活の探求を頭で行うため、（観念的）苦悩が胚胎・増殖する。例えば、三造は「自分は作家となるやうに生まれついてゐる。誰が何といはうと、それは定つてゐるのだ。」（第一篇(二)）と考えるが、創作活動はしない。このままでは、あるべき位置や状況にたどり着けない。[18]

中島は、なぜ伝吉たちに「狼疾」を描いたのか。「虎狩」の落選（昭和九年七月）が、それを促したとも考えられる。[19]「虎狩」の欠点の一つは、主人公たちの内面描写の不足である。内面を深く描くために「狼疾」は登場したのではないか。視点を換えて言えば、中島は自分を描きたくなったのではないか。確かに「下田の女」や「蕨・竹・老人」に中島らしき人物が登場した。しかし、彼らは脇役にすぎないし、作品は生動しなかった。そこで、「巡査の居る風景」や「D市七月叙景(一)」で、他者を主人公に設定したが、作品との距離を感じた。次に「虎狩」や「斗南先生」で、中島らしき人物を登場させる。しかし、それは主人公ではない。彼は自分を主人公として、内面を描きたくなったのではないか。（他に書く対象が見つからなかったという理由もあろう。）

中島は自己を表現しようとし、他者とは違う独自の「狼疾」を描き始める。だが注意すべきは、その「狼疾」が彼の一面にすぎないことと、それを描いた作品がこの時期に集中していることである。（昭和十年前後は、「不安の文学」の流行時でもあった。[20]）

前者について言えば、「狼疾」は中島の一面である。高校生時代から教師時代の中島には、暗い面と明るい面がある。だが、「北方行」の伝吉の言うように、中学生時代から「狼疾」に苦しんでいたとすると、高校生時代の習作に描いても不思議はない。自己の性情（狼疾）を抑えていた、また、友人たちに知られたくなかったとしても、虚構として書けばそう問題はない。やはり、彼が「狼疾」に支配されていたとは考えにくい。

後者について言えば、「狼疾」が作品の中心となっているのは「北方行」や「過去帳」であり、未完のまま放置された「無題」や「断片十五・十七」などには「狼疾」の描写はあまりない。その後の作品では、「わが西遊記」（昭和十五年頃執筆）の悟浄のように、「狼疾」に苦しむ主人公が描かれるが、作品の中心はそこから脱出する姿にある。

数年で脱出できる「狼疾」がどこまで本物かという疑問もあるし、中島が作品に書かなくなることからも、「狼疾」が彼の本質的な、一生を通じて追求するモチーフとは言い難いと考えられる。

五

「『北方行』の主題は、登場人物たちの〝分裂〟であり、〝分身〟たちが互いに相寄り合うことにある」[21]との川村氏の指摘はその通りだが、中島の「北方行」での目論見はそういった人物たちの「内面と状況の緊張」[22]（奥野氏）を描き、狼疾という闇を持たせながらも、より広い「場」で生動させることだったのではないか。が、複雑な時代背景や、停滞（狼疾）を主人公たちに投影させた故の行き詰まりもあって、彼らは自閉的な存在になり、作品は歴史・時代に生きる人間のドラマにはならなかった。

「北方行」末尾の一文、「あらゆる場合を通じて、現実の生活を、感情（肉体）がうべなはうとしないやうな抽象的理論に屈従せしめて、自らを悲惨にしてゐる知識人共は哂ふべきかな。」は主人公たちの自嘲であり、中島の自己批判にも通じていよう。中島は、ロマンとしての結末がつけられなかったのである。

この時期の中島に、人間の奥底や時代を捉える深い目や本格的なロマン創造を求めるのは無理かもしれないが、「北方行」の挫折に、彼は違う作品の場や設定を考えたろう。まずは、手に余る複雑な「時代」から主人公を解放し、現在の自分に近い、挫折・停滞する人間を造型・描写しようとする。そのためには、それにふさわしい「場」や設定が必要となる。そして、自己の一部を取りだしデフォルメし、慣れた世界で動かそうとする。そこで生まれたのが、「過去帳」の世界である。

注

（1）山口正「大学同級生として」『中島敦　光と影』（新有堂　平成元年三月）

（2）中島が横浜高等女学校勤務のために、東京の親元を離れ、横浜に単身で暮らし始めたのは昭和八年四月からであり、妻子が上京したのは同年十一月であった。だが、妻子は東京で間借り生活を送り、中島はあまり会いにも行かなかった。別居の間、妻子は精神的にも経済的にも苦しい生活を送った。

一年八ヶ月後（昭和十年七月）、中島は妻子を横浜に呼び寄せ同居する。しかし、その夏、中島は一ヶ月間御殿場に滞在して、執筆に打ち込む。タカ夫人は、中島に「家庭愛が薄い」、「冷たさ」を感じたと言う。中島タカ「思い出すことなど」（『中島敦全集　別巻』筑摩書房　平成十四年五月）

（3）その一つが昭和九年七月の『中央公論』の原稿募集であり、中島は「虎狩」を応募する。

（4）「うはべばかりの豪語・人に笑はれまいとするきがね」などは誇張もあろうが、「山月記」の李徴を連想させる。

（5）中島の女学校就職への友人や親族の不満については、「斗南先生」の章でも述べているので参照されたい。

（6）注意したいのは、中島の教員生活が「侘びしく、くすぶってゐる」時もあったろうが、彼は勤務先の女学生に人気があり、生活に華やかさもあったことである。

高女の同僚であった岩田一男氏に、次のような回想がある。

それでも、いわゆる人気はなかなかあって、山下町の同潤会アパートから柏葉アパートに移るときには、手伝いを買って出たたくさんの生徒が少しずつ蔵書をもって、えんえんアリの行列のように続いた。

岩田一男「横浜時代の中島敦」（『中島敦全集　別巻』筑摩書房　平成十四年五月）

また、同じ同僚であった安田秀文氏に、次のような回想がある。

なお私自身は女学校に勤めながら女性にはほとんど関心がなかったのですが、柏木アパートに住んでいた時、中島さんの部屋へは生徒の姉だと言っていた人達が、よく尋ねて来たり、一緒に外出したりしていました。

安田秀文「中島さんと一緒に勤めて」（『中島敦全集　別巻』筑摩書房　平成十四年五月）

（7）注（2）にも書いたように、中島が創作への焦りにも似た心情から、結婚後に妻子と同居せず、同居し始めた夏休み（昭和十年）には創作のため、一ヶ月間、御殿場に滞在する。中島のエゴイズムとともに、次の書簡にあるように、仕事や創作への打ち込みぶりを考慮してもいいのかもしれない。

「俺は今、小説を書いてゐる。学校の仕事（雑誌）はあるし、猛然と忙しい」

（昭和十一年六月二十四日付　妻宛書簡）

（8）昭和八年から十年の夏には箱根や北アルプスに登山し、昭和十一年の春には小笠原へ、夏には中国に旅行している。喘息が深刻化するのは昭和十四年冬以降であり、心身的にも経済的にも苦しむようになる。

（9）例えば、岩田一男氏も、活動的な中島の姿を回想している。

岩田一男「横浜時代の中島敦」（『中島敦全集　別巻』筑摩書房　平成十四年五月）

（10）「北方行」第四編に「三五・八・十九」という書き入れがある。それが正しいかは分からないが、仮に昭和十年八月十九日に第四編が完成したとすると、「北方行」のそれまでの分量（一～四）から考えて、昭和八年頃から執筆されたとしても、大きくは外れないだろう。

（11）同様に、昭和五年頃を舞台にしているのは「プウルの傍で」や「斗南先生」である。そこでも、現在よりも過去が創作の対象となったのである。

（12）その一例として、中島の従妹の荘島斐子氏に、次のような回想がある。

「北方行」の姉妹は一人の女性を自分なりに書き分けたのではないでしょうか。モデルと思われる人は思いつきません。あの作品の伝吉と三造は敦自身だと思います。

荘島褧子「敦と私」（『中島敦全集　別巻』筑摩書房　平成十四年五月）

(13) 川村湊『狼疾正伝』（河出書房新社　平成二十一年六月）
(14) 奥野政元『中島敦論考』（桜楓社　昭和六十年四月）
(15) これが中島の文学への好みであろう。逆境の中で苦悩する人間を描く。早くは「ある生活」や「巡査の居る風景」などが、そして「過去帳」や「山月記」、そして晩年の「李陵」などが該当しよう。
(16) 注（13）による。
(17) 同種のことが、「過去帳」でも繰り返される。また、狼疾に苦しむ主人公に新たな道が与えられるのは、「わが西遊記」である。
(18) この三造の姿は、「過去帳」の主人公たちや遍歴に出る前の悟浄に似ているし、前駆的存在として、「ある生活」の主人公（マサキ）がいよう。
(19) この点については、「虎狩」の章で述べる。参照されたい。
(20) 「不安の文学」の影響については、「過去帳」の章で述べる。参照されたい。
(21) 注（13）による。
(22) 注（14）による。

十　「斗南先生」

一

「斗南先生」は、中島の第一作品集『光と風と夢』（筑摩書房　昭和十七年七月十五日刊）に発表された作品である。斗南先生こと中島端の死（享年七十一歳）は昭和五年六月十三日であり、中島が東大の図書館に、斗南の遺稿（『斗南存藁』）を寄贈したのは昭和八年一月二十三日である。[1]また、「斗南先生」原稿の欄外に「昭和八年九月十六日夜十二時半」とあり、作品集『光と風と夢』掲載時に加えられた付記（六章）中に、「昭和七年の頃、別に創作のつもりではなく、一つの私記として書かれたもの」とあることなどから、この作品（六章の付記を除く）は、昭和八年夏頃までに執筆されたと推測される。[2]

その後昭和十四・五年頃に、中島は勤務先（横浜高等女学校）の教え子・鈴木美江子氏に浄書してもらう。昭和十五年頃に、どこかの雑誌に投稿する予定があったのかもしれないが、[3]それは実現しなかった。昭和十七年五月頃に、作品集『光と風と夢』に掲載するため、六章の付記の加筆と一部訂正が行われた。

大学生時代に創作活動から離れていた中島が、大学卒業・横浜高等女学校就職後に「斗南先生」を創作した理由や、この作品と同時期の作品との関係などについて考える。

中島は昭和八年三月に東京大学を卒業し、父親の縁故で横浜高等女学校に就職する。東大国文科卒業生三十八人中、まともに就職できたのは数人であった(4)。しかし、それまでの中島の秀才ぶりを知る者たちは、女学校就職を意外に思ったようで、例えば中学生時代の友人・小山政憲氏は「何となく期待を裏切られたような侘びしい気持」(5)を抱いたと言う。同様に親戚たちにとって、神童・秀才であった中島の女学校教師は物足りないものであり(6)、彼の結婚の件も含めて悪口も出たらしい(7)。

二

大学生時代までの自由な青春時代は終わり、中島は「狼疾記」の三造――「独身で或る程度の資産持ち」――とは違い、妻子を養う女学校教師として世を過ごすことになる。しかし、彼は就職後、すぐには妻子と同居しない。勤務先への配慮かもしれないが、そこには創作意欲と執筆時間の確保、また若さによる利己主義――独身生活維持への欲求――があったようである。そんな時期に、中島は「虎狩」・「北方行」とともに、「斗南先生」を構想・執筆する。

この作品では主人公（三造）と伯父（斗南）との交流が描かれ、斗南の行状や彼の死とともに、三造による斗南と自分（三造）への分析がある。問題は奥野政元氏が言うように、「この分析は、分析する三造の内面分析にまでたち入るこみいった複雑なものであるが、その結果明らかになったのは、叔父を分析しているのか、自分を分析しているのかわからなくなる(8)」ことである。ここには斗南への強い思いとともに、斗南の物語に自分（三造）の物語をも盛り込みたいとの願望があったと考えられる。つまり、この作品は斗南と三造の物語と言える。

また、この作品は「虎狩」のように、商業雑誌への応募作品ではない。なぜ、「虎狩」は『中央公論』（昭和九年四月）

の応募作となり、「斗南先生」はそうでなかったのか。

その理由の一つ目として、作品の時代色や社会性の不足があろう。『中央公論』では、時代の息吹が感じられるものを求めていた。(9)「虎狩」は朝鮮・東京を舞台として、〈朝鮮・朝鮮人〉を描いているのに対して、「斗南先生」は「創作のつもりでなく、一つの私記」(付記)とあるように、伯父との個人的な交流が中心であり、読者の興味を惹くような出来事や事件はない。中島の前半の習作(「下田の女」〜「蕨・竹・老人」)と同様、「斗南先生」(六章付記を除く)には時代や社会の描写は少なく、読者の共感を得るには弱い。

二つ目としては、作品の文学的レベルが低いとの判断故ではないか。「斗南先生」には、若い三造の未熟な目の斗南と自己への批判があり、それらは真剣にしても、後日反省するように偏りがあり、作品としての結晶度が低い。

三つ目には、「斗南先生」は過去の出来事――斗南との交流や死――に主眼(六章付記を除く)があり、未来志向が少ないことである。『中央公論』の求める「将来性のある小説」(『中央公論』の懸賞の宣伝文)としては弱い。

以上の三つが「斗南先生」を中央公論に応募しなかった主な理由であろう。また、それらとも関連するが、作品の特徴として、次の二点がある。

一つ目は回想が多いという点である。大学卒業後の中島の作品(「斗南先生」・「虎狩」・「過去帳」など)には回想が多いが、「斗南先生」は回想が中心であり、回想の性格も「過去帳」とはやや異なる。「過去帳」では過去(青春)が輝かしく、現在は侘びしいという感覚がある。「斗南先生」にはそういった侘びしさは少ない。それは「斗南先生」の主場面の学生時代と、執筆時期がそう離れていないからであろう。

もう一つの特徴は、作品中の「情」の存在である。その中心は斗南の情である。彼の個性や人生は興味深いものであり、彼には独自の愛情がある。彼は三造を愛していて、三造にも斗南への情があり、「過去帳」のような孤独感はない。斗南は三造(または中島)にとって、恐いけれど懐かしい存在である。

三

「斗南先生」（全六章）の構成は、習作の「蕨・竹・老人」や「巡査の居る風景」のように工夫されている。[10] 一章と六章は斗南の遺稿（『斗南存藁』）をめぐって描かれ、二〜五章は斗南の病気から死までを描き、「付記」として約十年後（昭和十七年）の三造の感慨が加わる。（付記では、斗南への愛情確認と未熟だった自分への反省が記され、斗南の著作『支那分割の運命』の紹介や、太平洋戦争開始時の伯父への思い出などが描かれている。）つまり、作品には三つの時間（昭和五年・七年・十七年）が存在する。

一つ目の時間は、昭和五年二月（二章）から同年六月の斗南の死（五章）までのものである。即ち、二章は大山や大阪へと移る斗南と三造を、三章は入院・退院する斗南たちの姿を、四章は三造による斗南と自分自身の分析を、五章は死の直前・直後の斗南たちの姿を描いている。二章から五章へと章ごとに描かれる時間は短くなり、斗南の死に向かって密度が濃くなっていく。

二つ目の時間（一章と六章）は、斗南の死から二年後（作中では昭和七年）のもので、斗南の遺稿をめぐる三造の思いが描かれている。つまり、一章と六章との間に、二章〜五章が入るという組み立て（構成）である。

三つ目の時間は、主物語からおよそ十年後の昭和十七年のものである。（それは、太平洋戦争開始後の読者と共有する時間でもある。）十年間という時間の経過が、三造の成長や時代（日本）の移り変わりを表し、それまでの記述（一〜六章）に対して別の見方を生じさせていて、三造（また語り手）の斗南評価の変化を示している。

以上の三つの時間が併存して作品を形成し、斗南像の深化と三造の変化を描いている。

まずは斗南像から考える。作品の斗南像には、他者によるものと三造自身の体験によるものの二種類がある。他者によるものは、知人の羅振玉の序文――『斗南存藁』（一章）――や、斗南の弟による『斗南存藁』跋（六章）、また近親者による証言などであり、斗南の狷介さや潔癖さが紹介される。そしてそれらと（斗南自身の詩文や）三造の体験が合わさって、斗南への認識や評価が形作られる。

その結果、三造は斗南との間に共通点を感じる。それは誇るものもあるが、多くは反面教師的なものであり、若い三造にとって近親憎悪的な自己嫌悪ともなる。だが後年自覚するように、彼が斗南への愛情を素直に認めない、また自覚しない理由は若さ故の未熟さである。

では、斗南は作中に、どのように描かれているか。作品冒頭の斗南の詩や羅振玉の序文から見ていく。

作品冒頭の斗南の詩（「戯翻竹枝」）は、佐渡の夫への妻の恋心を詠んだものである。斗南は「終身婦人ヲ近ヅケズ」（羅振玉の序文）であり、「時代離れのした厳格さ」を持っていて、冒頭の詩の雰囲気とは合わない。むしろ羅振玉が紹介した彼の訪問の様子――「打門ノ声甚ダ急ナルヲ聞キ、楼欄ニ憑ツテ之ヲ観ルニ、客アリ。清癯鶴ノ如シ。（中略）既ニシテ門ニ入リ名刺ヲ出ダス。日本男子中島端ト書ス。」――の「恐ろしく時代離れのした世界」が、颯爽とした斗南に似合う。

読者はこの段階（一章）で斗南の死（六章）に遭遇していないが、三造は斗南の死を経て一章を語っている。斗南の死後二年経ち、彼は「当時の伯父に対する自分のひねくれた気持」（六）に気付き、反省や「罪ほろぼしといふ気持」（六）、そして時間経過による余裕が、冒頭の詩の紹介になったのであろう。

三造は斗南の詩文集を「読んで行く中に、狷介にして善く罵り、人をゆるすことを知らなかつた伯父の姿が鮮やかに浮かんで来る」（一）。その斗南像は「甚だ気障な厭味なもの」（一）で、若い三造には伯父の真価が分からなかった。そのことが、一章に何回も繰り返される。

伯父が、自分の魂の底から、少しも己を欺くことなしに、それを正しいと信じて其の様な言動をしてゐるとは、到底彼には信じられなかったのである。其処に、彼と伯父との間に、どうにもならない溝があつた。（一）伯父は、いつてみれば、昔風の漢学者気質と、狂熱的な国士気質との混淆した精神――東洋からも次第にその影を消して行かうとする斯ういふ型の、彼の知る限りでは其の最も純粋な最後の人達の一人なのであつた。このことが、その頃の彼には、概念的にしか、つまり半分しか呑みこめなかつたのである。（一）

当時の三造は伯父を愛していないと思っている。だが、三造の斗南への態度や心の動きには、斗南への愛情が感じられる。斗南に対する厳しい評価や態度は、本人も言っているように、自分と伯父との近さ――「自己に類似した精神の型」――による「一種の自己嫌悪」（二）からであろうし、作品を盛り上げよう――斗南への理解と愛情の深化、後悔する青年像など――という意図があったのかもしれない。

四

二章は、「遊びに来い」との斗南の葉書[11]（昭和五年二月）が来ることから始まる。だが三造は、蹴球によるケガを理由にして訪ねない。彼の本音は、斗南を「前にすると、自分の老いた時の姿を目の前にみせつけられるやうな気がして、伯父の仕草の一つ〳〵に嫌悪を感ずるばかりでなく、時々破裂する伯父の癇癪（中略）にも、慣れてゐるとはいへ、多少恐れをなしてゐた。」（二）からであった。ところが三月の中頃、神奈川県の大山で病を養うために、斗南が三造の下宿にやってくる。床屋から帰ってきた斗南は、「すつかり綺麗になつてゐ」て、「とほつた鼻筋とはつきり見ひらかれた眼とは彼を上品な老人に見せてゐ」（二）た。その後色々な話をする中で、斗南は三造に『資本論』

の原本を借りてくれと頼む。それに対して「又始まつたなと彼は思つた。このやうな実行力を伴はない東洋壮士的豪語がいつも彼を腹立たせるのである。」（二）

これは斗南のマイナス面を示すが、斗南の弟子・増井経夫氏の回想によると、それは違うようである。

　先生は上海でマルクスの『資本論』を読み、その抄訳を漢文で刊行したという。「マルクスは面白いことを言う奴だが、なんたる悪文じゃ」といったともいう。先生はドイツ語でドイツ人と喧嘩する位、ドイツ語も堪能だった。(12)

その真偽は分からないが、三造は「伯父の精神的特徴の一つ一つに向つて、一々意地の悪い批判の眼を向けよう」（二）とする傾向がある。斗南の頑固さや他者に対する強い好悪などは欠点かもしれないが、彼の正義感や純粋さは長所である。

やがて斗南は重病の身で大山から下山して、三造と列車で大阪に向かう。次の場面は車中のものであり、斗南の死を予感させる。

　三造は、はつきりと、伯父の死の近づいたことを感じさせられた。（中略）妙におちついた澄んだ気持で、彼は、ほの白い薄明の中に浮び上つた伯父の顔を、―その顔に漂つてゐる、追ひやることのできない不思議な静かな影を―見詰めるのであつた。（二）

斗南は死に対して、従容とした態度を取る。その後斗南は東京に帰り、入院する。親戚たちは彼に、胃癌であることを告げる。

尚、その親戚の一人からの手紙には、「助かる見込のない事を宣告された時の伯父は、実に従容としてゐて、顔色一つ変へなかつた」と付加へてあつた。英雄の最後でも画くやうなさういふ書きつぷりには些か辟易したが、とにかく三造は直ぐに洗足の伯父の家へ行つた。

（三）

斗南の運命への従容さは、後年の中島の歴史小説にでも登場しそうだが、病気が進むにつれて、彼の癇癪は自制がきかず激しくなる。特に、小声の早口が聞き取れない看護婦に対してはそうである。

或時は、三造に向つて看護婦の面前で、「看護婦を毆れ。毆つても構はん」などと、憤怒に堪へかねた眼付で、しは嗄れた声を絞りながら叫んだ。利かない上体を、心持、枕から浮かすやうに務めながら目をけはしくして、衰へた体力を無理にふりしぼるやうに罵つてゐる伯父の姿は全く悲惨であつた。

（三）

従容さから遠い癇癪による「悲惨さ」も、斗南の一面であるが、それも病気のなせる業であり、彼は病気の苦しみと戦っている。

まる三週間近く、水の他何にも摂れないので、まるで生きながら餓鬼道に墜ちたやうなものであつた。例の気象で、伯父はそれを、目をつぶつてじつと堪へようとするのである。時として、堪へに堪へた気力の隙から、かすかな呻きが洩れる。瞑つた眼の周囲に苦しさうな深い皺を寄せ、口を堅く閉ぢ、じつとしてゐられずに、大きな枕の中で頭をぢりぢり動かしてゐる。身体には、もうほんの少しの肉も残されてゐない。意識が明瞭なので、それだけ苦痛が激しいのである。筋だらけの両の手の指を硬くこはばらせ、その指先で、寝衣の襟から出たこつこつの咽喉骨や胸骨のあたりを小刻みに顫へながら押へる。その胸の辺が呼吸と共に力なく上下するのを見てゐると、三造にも伯父の肉体の苦痛が蔽ひかぶさつて来るやうな気がした。（三）

このあたりの描写はリアリティがあり、斗南の苦しみに寄り添う感がある。その後、苦痛のあまり、彼は「薬で殺して呉れ」と言う。睡眠薬を飲む前に三造は斗南に呼ばれるが、他には斗南の従弟と五十年来の友人しかいなかった。このことからも、三造が斗南に信頼され愛されていたことが分かる。

彼が近づくと、伯父は真白な細く堅い手を彼の掌に握らせながら、「お前にも色々厄介を掛けた」と、とぎれとぎれの声で言つた。三造は眼を上げて伯父の顔を見た。と、静かに彼を見詰めてゐる伯父の視線にぶつつかつた。其の眼の光の静かな美しさにひどく打たれ、彼は覚えず伯父の手を強く握りしめた。不思議な感動が身体を顫はせるのを彼は感じた。（三）

別れを告げる斗南の姿は感動的であり、三造は斗南の「眼の光の静かな美しさにひどく打たれ」、日頃の反発を忘れ、「不思議な感動が身体を顫はせる」。が、時間が経ち気羞しさから、先刻の感動を「忌々しく思ひ、其の反動として、今度は、伯父の死に就いて飽く迄冷静な観察をもち続けよう」（三）とする。後年（二年後）には、「全く後から考へると汗顔のほかは無い」（三）云々と反省されるが、ここに「作家」たらんとする目（意識）を見てもいいだろう。

五

四章は、斗南と三造との比較が展開される。それは当人（三造）によれば、「伯父と彼自身との精神的類似に関するとりとめのない考察のやうなもの」（三）である。その考察が適切かどうかは別として、分析への熱意は認めるべきだろう。（ただしここでは、「過去帳」のように分析癖に振り回されてはいない。）

三造は伯父について、次のように言う。

行動の動機は悉く感情から出発してゐる。甚だ理性的でない。その没理性的な感情の強烈さは、時に（本末転倒的な、）執拗醜悪な面貌を呈する。彼の強情がそれである。が、又、時として、それは子供のやうな純粋な「没利害」の美しさを示すこともある。（四）

感情から行動が出発しているのは欠点だし、「没理性的な感情の強烈さ」は、「時に（本末転倒的な、）執拗醜悪な面貌を呈する」。だが、「子供のやうな純粋な『没利害』の美しさ」は長所であり、それらを三造は持っていない。続いて、三造は伯父の他の弱点を指摘する。

しかも此の他の世界への理解の努力は、常に、悟性的な概念的な学問的な範囲にのみ止つてゐて、決して、感情的に異つた世界、性格的に違つた人間の世界に迄は及ばないのである。かかる理解を示さうとする努力、―新しい時代に置き去りにされまいとする焦燥―が、彼の表面に現れる最も著しい弱さである。（四）

「新しい時代に置き去りにされまいとする焦燥」や「彼の表面に現れる最も著しい弱さ」は、三造自身に次のように思わせる。

（ここまで書いて来た三造は、絶えず自分につきまとつてゐる気持―自分自身の中にある所のものを憎み、自身の中に無いものを希求してゐる彼の気持―が、伯父に対する彼の見方に非常に影響してゐることに気が付き始めた。彼は自分自身の中に、何かしら「乏しさ」のあることを自ら感じてゐた。そして、それを甚だしく嫌つて、すべて、豊かさの感じられる（中略）ものへ、強い希求を感じてゐた。此の豊かさを求める三造の気持が、伯父自身の中に、―その人間の中に、その言動の一つ一つの中に見出される禿鷹のやうな「鋭い乏しさ」に出会つて、激しく反発するのであらう。彼はこんなことを考へながら、書き続けて行つた。）（四）

伯父への分析が自分自身へのものと重なり、自分の中にある「乏しさ」の自覚が、「豊かさの感じられるもの」への希求となる。彼の不充足感と斗南のそれが呼応している。

して見れば彼自らも、伯父と同様、新しい時代精神の予感だけはもちながら、結局、古い時代思潮から一歩も出られない滑稽な存在になるのではないか。（四）

斗南は「滑稽な存在」とは思えないが、それは三造の予感・不安ともなる。

続いて、斗南の「ロマンティシズムにエクゾティシズムにそゝられ」（一）る「彷徨を好む気質」（一）が自分に似ているとの記述の後に、斗南の中国滞在を、「無目的としか思へないやうな旅行を繰り返」（一）したとか、「国事を憂えて」ではないと批判するが、これは疑問である。斗南は行動者として、生を送った人物である。確かに、斗南が生活費を「殆ど全部他人の――友人や弟達や弟子達の――援助を受けてゐ」（一）たことは事実としても、それだけの人望と仕事の意義があったのである。

続いて、三造は斗南を「彼の感情も意志も、（中略）質的には頗る強烈であるが、時間的には甚だしく永続的でない。移り気なのである。」（四）と批判し、「自己の才能に対する無反省な過信は殆ど滑稽に近い。」（四）とも言う。しかし、二章の斗南の詩――「悪詩悪筆　自欺欺人　億千万劫　不免蛇身」――を見れば、彼が「無反省な過信」だけの人物ではなく、斗南自身も三造が感じたような「不快な寒気」や、「もつと得体のしれない、気味の悪い不快さ」（二）を知っていたことが分かる。[13]

同様に、『斗南在稾』中の「自嘲戯詠」（勝又浩氏の訳詞[14]）には、斗南の苦悩が描かれている。

我が志は未だかつて古人に譲らず　我が材はあに今人に若かざらんや
閑来、天公に向つて問はんと欲す　何故、斯く無用の人を生みしかと

斗南の葛藤は、三造の思う以上に深いものでなかったか。「自ラ号シテ斗南狂夫トイフ」（六）に、彼の苦悩の深さが感じられる。[15]

また、斗南は狷介な性格に見なされているが、優しさも持っていた。四章の最後に、斗南との猫の埋葬の回想が記される。小学生の三造とともに猫を埋葬する姿には、情愛のある人物像が浮かぶ。同じく、斗南は三造の妹・睦子の死（二章）を深く悲しんでいる。

その三造の妹は二年前に四歳で死んだ。それを大変悲しんだ伯父はその時こんな詩を作った。

毎我出門挽吾衣　翁々此去復何時
今日睦児出門去　千年万年終不帰　（二）

斗南の人格的魅力（優しさ）がここにある。

対して「一生、何らのまとまつた仕事もせず、志を得ないで、世を罵り人を罵りながら死んで行つた」（一）との三造の見解はどうか。「まとまつた仕事」や「志を得」ることだけが、人生の価値ではない。斗南は成功者ではなく、感情的で「彷徨」者の面があったとしても、傍観者ではなく行動者である。

三造は続けて、斗南の特色について書く。

而も、彼が記憶力や解釈的思索力（つまり東洋的悟性）に於て異常に優れて居り、且つ、その気質は最後まで、我儘な、だが没利害的な純粋を保つて居り、又、その気魄の烈しさが遙かに常人を超えてゐたことが一層彼を悲惨に見せるのである。　（四）

「記憶力や解釈的思索力」は三造も優れている。（「没利害的な純粋」や「気魄の烈しさ」は三造にはない。）だが、それらが「一層彼を悲惨に見せる」。悲劇的な存在として斗南はある。[16]

付け加えれば、「斗南先生」では斗南の詩はあまり紹介されていないが、村山吉廣氏は「ことに詩には古体・近体ともに秀作が多い。その浪漫的性格からも詩人としての資質を豊かに蔵していた」と評価する。[17]「斗南先生」にはそういった言及は少ない。三造は必要以上に、伯父を厳しく見ていたようである。

以上のような斗南と三造の違いは、個人の資質の差によるもの以外に、時代や世代の差が考えられる。三造と斗南には、「丁度半世紀の年齢の隔たり」（一）がある。

斗南は安政六年（一八五九）に生まれ、明治維新の時は数えで十歳であり、日清戦争の時は三十代後半である。つまり、激動の時代に少年・青年期を送っていて、明治とともに成長した世代である。対して、三造は大正時代に少年期を送っている。斗南と比べれば平和で豊かな時代に成長している。

六

続いて五章では、斗南の死と三造の悲しみが描かれる。斗南が睡眠薬を飲み死んだ時、三造は「何の感動も起らなかつた」（五）が、翌日棺の中に入った姿を見て、かつ過去の伯父の姿や声の記憶によって、「哀れさ」や悲しみの念が湧き起こる。

それは、哀れ、とよりほか言ひやうのない気持であつた。小さな枕共に埋まつて、ちよこんと小さく寝てゐる伯父を見てゐる中に、其の痩せた白い身体の中が次第に透きとほつて来て、筋や臓腑がみんな消えて了ひ、その代りに何ともいへない哀れさ寂しさが其の中に一杯になつてくるやうに思はれた。敬はれはしたかも知れないが竟に誰にも愛されず、孤独な放浪の中に一生を送つた伯父の、その生涯の寂しさと心細さとが、今、此の棺桶の中に一杯になつて、それが、ひし〳〵と三造の方迄流れ出して来るかの様に思はれるのであつた。昔、自分と一緒に猫を埋めた時の伯父の姿や、昨夜薬を飲む前に「お前にも色々世話になつた。」と言つた伯父の声が（低い、嗄れた声が其の儘）三造の頭の奥をちらりと掠めて過ぎた。突然、熱いものがグッと押上げて来、あわてゝ手をやるひまもなく、大粒の涙が一つポタリと垂れた。彼は自分で吃驚しながら、又、人に見られるのを恥ぢて、手の甲で頻りに拭つた。が、拭つても拭つても、涙は止まらなかつた。（五）

斗南の死を、比喩表現を巧く使い叙情的に描いている。伯父への愛情と愛されたという思いが、三造に突然の涙をもたらす。「彼は自分で吃驚しながら、又、人に見られるのを恥ぢて、手の甲で頻りに拭つた。が、拭つても拭つても、涙は止まらなかつた。」だが、若さはそれに反発する。

彼は自分の不覚が腹立たしく、下を向いたまゝ廊下へ出ると、下駄をひつかけて庭へ下りて行つた。六月の中旬のことで、庭の隅には丈の高い紅と白とのスウヰートピイが美しく簇り咲いてゐた。（五）

後年には「不覚」でも何でもないと分かるが、この時は、突然の涙を「吃驚」や「不覚」と受け取る。だが、最後の美しいスイトピーの花々の描写が、斗南の死と三造の悲しみを美化している。

七

六章はそれから二年後の話であり、時間的には一章に接続する。三造は、斗南の遺稿集を大学の図書館に持っていくのを躊躇する。大家でもない近親者の著作を持っていくことが「何か、おしつけがましい、図々しさがあるような気がして、神経質の三造には、堪へられない」（六）のであり、「近頃になつても彼が伯父に就いて思出すことといへば、大抵、伯父にとつて意地の悪い事柄ばかりであつた」（六）せいもあろう。だが、三造は二年前の伯父に対する「ひねくれた気持」に、「子供つぽい性急な自己反省・乏しさ」（六）があることに気付き、伯父への「罪ほろぼしといふ気持」（六）もあって、遺稿集を郵便小包で送ることにする。[18]

読者は前章までに、斗南の魅力や三造の愛情を読んでいるので、このあたりの記述を、一章のときとは違う気持ちで読むのではないか。むしろ、三造の神経の細さを感じるだろう。

昭和十七年の付記は、三造の心情の訂正から始まる。

右の一文は昭和七年の頃、別に創作のつもりではなく、一つの私記として書かれたものである。十年経つと、併し、時勢も変り、個人も成長する。現在の三造には、伯父の遺作を図書館に寄贈するのを躊躇する心理的理由が、最早余りにも滑稽な羞恥としか映らない。十年前の彼は、自分が伯父を少しも愛してゐないと、本気で、さう考へてゐた。人間は何と己れの心の在り処を自ら知らぬものかと、今にして驚くの外はない。（六）

十年後の三造は、過去の自分の心情――寄贈をためらう心情――を「滑稽な羞恥」と捉え、伯父への愛情を実感している。それは小説的効果の計算もあろうが、三造の成長による。続いて、斗南の著作（『支那分割の運命』）が紹介される。[19] 大正元年の執筆を思えば、「其の論旨の概ね正鵠を得てゐることに三造は驚」（六）く。「生前の伯父に対して必要以上の反発を感じてゐた其の反動で、死後の伯父に対して実際以上の評価をして感心した」（六）せいもあるが、「歴史（時代）」の導入という作品効果を狙ったためでもあろう。

付記は、斗南の遺骨や和歌の紹介で終わる。

十余年前、鬼雄となつて我に冦なすものを禦ぐべく熊野灘の底深く沈んだ此の伯父の遺骨のことであつた。鯱か何かに成つて敵の軍艦を食つてやるぞ、といつた意味の和歌が、確か、遺筆として与へられた筈だつたことを彼は思出し、家中捜し回つて、漸くそれを見付け出した。既に湿気のためにぐにやくになつた薄樺色地の二枚の色紙には、瀕死の病者のものとは思はれない雄渾な筆つきで、次の様な和歌がしたためられてゐた。

あが屍野にな埋みそ黒潮の逆まく海の底になげうて

さかまたはをかしきものか熊野浦寄りくるいさな討ちてしやまむ

「瀕死の病者のものとは思はれない雄渾な筆つき」の和歌の紹介に、昂揚した気分が感じられる。ただし、中島は盲目的に日本の勝利を信じていたのではない。彼は朝鮮で育ち、「南洋」に行き、植民地の実態――偽善や悪――を見てきた。中島の時代（戦争）認識の欠如や検閲対策とするよりも、斗南への愛情によって、「実際以上の評価をし」（六）たかった彼の気持ちを思うべきだろう。奇矯だが誇るべき・愛する伯父の称揚であり、それに繋がる自己（ひいては一族）の記述でもあろう。

昭和八年の段階では、伯父と甥の私的交流レベルのものが、六章付記の『支那分割の運命』の紹介や斗南の和歌・遺骨、また日米の開戦の記述によって、いささかではあるが読者を「時代」に遭遇させる。[20] 特に作者と同世代の読者には、意義（力）があったのではないか。彼らは、過去・現在の「三造」に自分を見たかもしれないし、[21]「時勢も変り、個人も成長する」という一文に、共感したのではないか。[22]

「斗南先生」を第一作品集に入れ、付記を加えようとした時、中島は過去の自分を再認識し、自己と繋がる〈斗南〉を表現し、現在の自分たちに思いを馳せた。

「畢竟、俺は俺の愚かさに殉じる外に途は無いぢやないか。凡てが言はれ、考へられた後に結局、人は己が性情の指さす所に従ふのだ。」（「狼疾記」）斗南と三造の性情は近い。斗南の生死の小説化は亡き斗南を身近に感じ、自己の生の確認にも通じている。

大学卒業後の「斗南先生」執筆は、彼にとって忘れられない伯父との交流や死、そして伯父への思い（愛情）を描くことから始まる。それは過去・現在の自分たちを考えることであり、そのことによって、作家への道を再開しようとしたのである。

注

（1）その一証拠として、東大図書館よりの礼状が残されている。

（2）昭和七年は中島の大学在学中であるが、この頃の中島は結婚問題や就職活動、卒論作成と忙しく、「斗南先生」を書いたとしてもメモや下書き程度ではなかったか。また、一章に斗南の遺稿が出版されたのは春とあるが、実際は十月であり、遺稿集を大学に寄贈したのは、翌年の昭和八年一月である。昭和七年に完成したとは考えにくい。また、中島は昭和八年四月から横浜高等女学校に勤めており、新任教師の忙しさを考えると、その年の夏休みが中心ではなかったか。そう考えると、原稿欄外の「昭和八年九月十六日夜十二時半」は、自然である。

（3）友人・釘本久春氏の中島宛書簡（昭和十四年十月十二日、同月二十日、十五年一月十三日）に、雑誌に載せるために原稿を送るようにとある。それに対して、中島は「過去帳」を送っているが、「斗南先生」も候補作でなかったか。しかし中島は、昭和八年また昭和十五年の発表を、作品の「一つの私記」故にためらったのかもしれない。が、昭和十七年の中島にとって、「現在の三造には、伯父の遺作を図書館に寄贈するのを躊躇する心理的理由が、最早余りにも滑稽な羞恥としか映らない。」（六）のように、割り切れていたのだろう。
（4）山口正「大学同級生として」『中島敦　光と影』（新有堂　平成元年三月）
（5）小山政憲「中島敦の思い出」『中島敦全集　別巻』（筑摩書房　平成十四年五月）
（6）例えば、親類の一人、中島甲臣氏に次のような回想がある。

敦さんの俊英ぶりはよく聞かされておりましたので女学校の先生となったと聞いた時は意外に思いましたが、後日当方北大予科生時、本屋で『南島譚』を発見、ああやっぱり、と思った記憶があります。

中島甲臣「敦さんについて、など」（『中島敦全集　別巻』筑摩書房　平成十四年五月）

（7）釘本久春氏の回想に、次のような文章がある。

トンの家は、いわば漢学の名門である。そして親戚きっての秀才神童と言われた彼が、大学卒業後、いっこうぱっとしない。俗物を軽蔑していながら、若い無名のこの作家（？）には、親戚の連中の態度や悪評が、やはりこたえていた。とにかく不愉快であったに違いない。

釘本久春「敦のこと」（『中島敦全集　別巻』筑摩書房　平成十四年五月）

（8）奥野政元氏は続けて、「即ち結局二人は似ているという観念と、その観念に不安と反発を感じる確かさであり、叔父の特異性への自己にかかわる不気味さでもある。これらの不安と不気味さは、分析の確実さに裏うちされたものであるかぎり、実は分析せずにはおられない精神そのものの不安と無気味さでもあるといえよう。」と指摘している。文中の「不安と不気味さ」が、「過去帳」の世界へと通じていく。

『中島敦論考』（桜楓社　昭和六十年四月）

（9）『中央公論』の原稿募集の詳細については、次章「虎狩」を参照されたい。
（10）習作の「D市七月叙景㈠」は三人の主人公たちで組み立てられ、「巡査の居る風景」は主人公たち二人が交互に登場する。また、「蕨・竹・老人」では明（情景）――暗（人事）と構成され、過去・現在と相互に組み合せているのは「プウルの傍で」である。

(11) 斗南から中島宛の別の葉書（昭和五年二月七日）を、次に紹介する。

前略　多分来週日曜日に午前に一寸御たづねすべし。但別に御待合にハ及び不申候」

端

二月七日午後

斗南の持つ雰囲気がうかがわれる。

(12) 増井経夫「中島竦さんとペンペン草」『中島敦全集　別巻』（筑摩書房　平成十四年五月）

(13) この「不快な寒気」や「もつと得体のしれない、気味の悪い不快さ」が、後年の「狼疾」の土壌であるが、まだそれらは表面化していない。

(14) 勝又浩「『述べて作らず』の世界」『中島敦全集　別巻』（筑摩書房　平成十四年五月）

(15) 中島の漢詩「五月五日自晒戯作」に、次のような詩句がある。

行年三十一　狂生迎誕辰　木強嗤世事　狷介不交人

斗南と似たような苦悩を、中島は昭和十四年頃には感じていただろう。

(16) 後年中島は、行動し挫折する人間を作品化している。やはり斗南は、中島好みの人物であろう。

(17) 村山吉廣『評伝・中島敦』（中央公論新社　平成十四年九月）

(18) このあたりは、「『自分の伯父の書いたものを、得々として自分が持つて行く』といふ事の中に、何か、おしつけがましい、図々しさがあるやうな気がして、神経質の三造には、堪へられない。が、又、一方伯父が文名嘖々たる大家ででもあつたなら、案外、自分は得意になつて持つて行くやうな軽薄児ではないか、とも考へられる。三造は色々に迷つた。とにかく、こんな心遣が多少病的なものであることは、彼も自分で気がついてゐる。」（六）と描かれる。「神経質の三造には、堪へられない」や「こんな心遣が多少病的なものであること」と自覚されているのは注目される。この延長線上に「狼疾」があろうが、三造はこの時点でそれほど捕らわれていない。

(19) 増井経夫氏によれば、「当時流行した中国分割論であったが秀抜な評論で、名著の誉れが高かった」とある。

増井経夫「中島竦さんとペンペン草」『中島敦全集　別巻』（筑摩書房　平成十四年五月）

（20）例えば氷上英廣氏は中島宛の書簡で、「斗南先生」の感想として、「書加へた部分によつて時代的意義？を得た」と書いている。

（氷上英廣・昭和十七年八月九日付　中島宛書簡）

（21）田中西次郎氏の中島宛の書簡（昭和十七年八月二十一日）に、次のような文章がある。

拝啓　高著今朝拝受　有りがたく御礼申しあげます　早速古譚と斗南先生とを拝見しました。好い意味での時代錯誤を感じた事は文学界を読んだときと同様です

田中氏の感想は「古譚」が中心だが、「斗南先生」にも戦争前の良き時代を感じたのではと思われる。一般の読者もそうではなかったか。

（22）彼らは太平洋戦争という未曾有の事態に、「日本人」として直面させられていた。そこには、時代の変遷や「今」に対して、複雑な思いもあったろうが、昭和八年執筆のものだけであれば、読者の共感は少なかったろう。

十一　「虎狩」

一

「虎狩」は、中島の第一作品集『光と風と夢』（昭和十七年七月刊）に収録・発表された。[1] この作品について、濱川勝彦氏は「社会への関心と、自己への回帰、凝視という相反した内容と姿勢との、危うい均衡に成り立っ[2]」ているとし、鷺只雄氏は「『生の不思議』あるいは『奇怪にして魅力に富める人生』こそ主題である[3]」とし、川村湊氏は「『虎狩』は、まさに、この最末期に近い〝虎狩〟のページェントを日本人中学生の眼から見たという、珍しい記録性を持った作品」であり、「『植民地』の物語である[4]」とする。諸氏の言うように、この作品は「社会への関心」とともに「自己凝視」があり、語り手の対象・趙大煥の少なからぬ奇怪な人生が描かれていて、植民地の物語ともなっている。だが、そういう特色を持ちつつも、作品には高い評価は与えられない。それは、「虎狩」が『中央公論』に応募して選外佳作になったことからも分かる。

周知のように「虎狩」は、『中央公論』（「臨時増刊新人号」昭和九年七月）の原稿募集に応じたものであり、締め切り日（昭和九年四月三十日）に間に合うように、前々日に友人の田中西次郎氏（中央公論社勤務）に原稿が届けられた。[5]

この『中央公論』の「原稿募集」は、「新人出でよ、新人出でよ、今ぞ新人輩出の秋である」や、「努めて特色のある作品であつて欲しい」（「宣言」創作部門）との要請により、応募作品は総数一四八五編で、「質、量共に、一段と高まつて居」（「選者の言葉」）て、入選作は四作――丹羽文雄「贅肉」や島木健作「盲目」・平川虎臣「生き甲斐の問題」など――であり、「虎狩」は選外佳作十編の中に入る。[6]

ここで注意したいのは、数年前に比べ検閲が厳しくなったことである。[7] それを証明するように、「選者の言葉」に、次のような一文がある。

> 殊に、朝鮮、台湾の人々から投稿された悲痛な叫びは、吾々の耳を傾けしむるに十分なものがあつたが、色々な点を考慮して比較的穏健なのを採用して、その一端を窺ふことにした。

この言葉から推測すると、選外佳作も「朝鮮、台湾の人々から投稿された悲痛な叫び」より「比較的穏健なのを採用し」たようである。「虎狩」の主場面は朝鮮であるが、植民地の人々の「悲痛な叫び」や衝撃的な事件もない。主題の重さや文章の巧みさでは入選作の「盲目」や「贅肉」には劣り、事件の連続という点では「生甲斐の問題」が勝る。[8] そのせいか、原稿を受け取った田中西次郎氏は「落付きすぎまとまりすぎ且つ美しすぎて荒々しい野心がない」[9] と評する。「巡査の居る風景」（昭和四年六月）や「D市七月叙景㈠」（昭和五年一月）に描かれた植民地の歪みや悪、そして現地の人々の悲惨さや苦しみを「虎狩」は描いていないように見える。その点が「落付きすぎまとまりすぎ」と受け取られたのだろう。だが、中島にとっては、「虎狩」は一流商業誌『中央公論』の呼びかけに応えて、「特色のある作品」として世に問おうとしたものである。作品への彼なりの自信もあろうし、「特色」を作品に込めたに違いない。

二

まず思いつくのは、中島は「外地」の状況やエキゾティシズム以外に、自分の体験・見聞を用いて、植民地・朝鮮を扇情的ではなく、落ち着いて描こうとしたことではないか。

中島の強みは、二つの「場」[10]（京城・東京）を生きたことである。彼は、朝鮮に育ち東京に住む語り手「私」を通じて、朝鮮人・趙大煥を描こうとした。つまり、「虎狩」は、京城（ソウル）と東京という二都物語の性格を持っている。量的には京城が主であるが、語り手の「私」は両地を往来する人物であり、日本在住の読者にとっては、朝鮮（異郷）と自分たちの東京が描かれていることになる。

逆にこの作品の弱みとして、作品の組み立てがある。作品では語り手の「私（中山）」の小学校・中学校時代の出来事（京城・一章〜六章）が描かれ、それから十五、六年後の「三日程前の午過ぎ」の後日談（東京・七章）が加わる。この〝主たる物語〟プラス〝後日談〟という形式は、「斗南先生」や習作の「下田の女」「蕨・竹・老人」などでもそうであり、中島の作品では珍しくない。だが、「虎狩」七章（最終章）が、主物語の相対化や新たな意味づけとしてうまく機能しているかは疑問である。

その他にも、語りの対象である趙の曖昧さ（造型の不徹底さ）も、作品の弱さだろう。例えば、趙が「私」に本音らしきものを漏らすのは、中学校の発火演習の後、上級生の制裁を受けた時（五章）である。彼は「強いとか、弱いとかつて、一体どういふことなんだらう……なあ。全く。」と言う。それに対して、「私」は次のように思う。

> その時、ひよいと彼の先刻言つた言葉を思ひ出し、その隠れた意味を発見したやうに思つて、愕然とした。「強

いとか、弱いとかつて、一体どういふことなんだらう……なあ。」といふ趙の言葉は―とその時私はハツと気が付いたやうに思つた―たゞ現在の彼一個の場合についての感慨ばかりではないのではなからうか。と其の時、私はさう思つたのだ。　（五）[11]

ここには、差別される朝鮮の人々が想定されていようが、奥歯にものが挟まったような言い方である。また、七章は趙の変化した姿を描いているが、その再会以前から趙はよく分からない人物として描かれている。「ある種の運動の一味に加はつて活躍してゐる」とか、「上海に行つて身を持崩してゐる」とか噂され、語り手は「その何れもがあり得ることに思へたし、又同時に、両方とも根の無いことのやうにも考へ」（七）る。この曖昧さは趙の造型の弱さであり、前出の『中央公論』の「耳を傾けしむるに十分なもの」（「選者の言葉」）とも合わない。なぜ、このような描き方をするのか。

その理由の一つは、検閲への配慮であろう。そしてもう一つは、趙の朝鮮人としての立場の複雑さではないか。研究者の多くが指摘するように、作中の虎狩後に見せた趙の酷薄さ――虎に襲われて失神した勢子を足蹴にしたり、「いまいま〳〵しさうに見下してゐる」ことなど――は、趙自身の性格からだとしても、彼は差別される側とする側に属している。趙は朝鮮人として被差別者であるが、「此の地の豪族」として一般の朝鮮人を差別している。この二重存在が彼を曖昧にしているし、しかも、語り手はその追求を途中で止めている。「虎狩」の曖昧さと言っていい。

また、語り手の「私」は偏見のない人物のようだが、「巡査の居る風景」の語り手と比べると、立ち位置が不鮮明である。それは、語り手の作中の言い訳めいた言説――例えば六章の冒頭部分など――にも表れている。虎狩の話をすると称しても、それが登場するのは六章からだし、そこに到るまで様々な回想があり、それらが統一して盛り上がっていくとは言えない。そして、虎狩を含めて過去の出来事を描くだけであれば、現在の「植民地の物語」

としては弱い。

以上のような問題点を持ちながらも、中島は作品に何を狙ったのか。次節以降、考察する。

三

「虎狩」は、次のような文章から始まる。

私は虎狩の話をしようと思ふ。虎狩といつてもタラスコンの英雄タルタラン氏の獅子狩のやうなふざけたものではない。場所は朝鮮の、しかも京城から二十里しか隔たつてゐない山の中、といふと、今時そんな所に虎が出て堪るものかと云つて笑はれさうだが、何しろ今から二十年程前迄は、京城と云つても、その近郊東小門外の平山牧場の牛や馬がよく夜中にさらはれて行つたものだ。もつとも、これは虎ではなく、豺（ぬくて）といふ狼の一種にとられるのであつたが、とにかく郊外の夜中の独り歩きはまだ危険な頃だつた。（一）

シリアスな出来事が語られるにしては、のんびりした始まりである。引用文に続いて、東小門外の駐在所で巡査が虎に襲われる話が述べられ、一章が終わる。「虎狩の話をしようと思ふ。」と言いながら、中々「本題」には入らない。実は六章までのほとんどが、趙という友人との話である。二章の冒頭に、次のように書かれる。

さて、虎狩の話の前に、独りの友達のことを話して置かねばならぬ。その友達の名は趙大煥といつた。名前で分るとほり、彼は半島人だつた。（二）

以降五章まで、小学校や中学校時代の「私」と趙との交流が、淡々と描かれる。それらは興味深いものもあるが、読者の感動を呼ぶようなものではない。虎狩は趙に誘われてのものだから、趙の記述は必要だが長すぎる。その点は語り手も分かっていて、六章の冒頭で次のように言う。

虎狩の話をするなどと称しながら、どうやら少し先走りすぎたやうだ。さて、ここらで、愈々本題に戻らねばならぬ。で、この虎狩の話といふのは、前にも述べたやうに、趙が行方をくらます二年程前の正月、つまり、私と趙が、例の、目の切れの長く美しい小学校の時の副級長を忘れるともなく次第に忘れて行かうとしてゐた頃のことだ。（六）

続いて、ようやく虎狩の顚末が語られる。日本では見られない虎狩の状況が、迫力を以て描かれるが、「期待に比べて結末があまりに簡単に終つてしまつたのが物足りなかつた」（六）とあるように、語り手たちが活躍することもなく、ドラマとなってはいない。

次の七章では、また違う出来事が語られる。

さて、これでやつと虎狩の話を終つたわけだ。で此の虎狩から二年程経つて、例の発火演習の夜から間もなく、彼が私達友人の間から黙つて姿を消して了つたのは、前にも言つたとほりだ。さうして、それからここに十五六年、まるで彼とは逢はないのだ。いや、さう云ふと嘘になる。実は私は彼に逢つたのだ。しかも、それがつい此の間のことだ。だからこそ、私もこんな話を始める気になつたのだが、併し、その逢ひ方といふのが

頗る奇妙なもので、果して、逢つたといへるか、どうか。その次第といふのはかうだ。（七）

十五、六年後の趙との再会が「頗る奇妙なもの」であったために、「こんな話を始める気になつた」と言う。話の進展や相互の関連が見えにくい物言いであり、構成である。これでは読者を引き込む力も弱く、朝鮮の社会や人々に興味を持っていても、話の中に入りにくい。

四

七章で「私」は東京の本郷の雑踏の中、趙と偶然に再会する。それは、趙だと分かってのものではなく、彼は「私」の目に次のように映る。

其の男は人並外れて高かつたばかりでなく、その風采が、また著しく人目を惹くに足るものだつた。（中略）薄汚ない長い顔には、白く乾いた脣のまはりに疎らな無精髭がしよぼしよぼ生えて、それが間の抜けた表情を与へてはゐるが、しかし、又、其の、間の迫つた眉のあたりには、何かしら油断の出来ない感じをさせるものがあるやうだ。（七）

「私」は最初、彼を警戒するが、「記憶の隅々を大急ぎで探しはじめ」る。

その中に、私の心のすみつこに、ハツキリとは解らないが何か非常に長い間忘れてゐたやうなあるものが見付かつたやうな気がした。そして、その得体の知れない或る感じが見る見る拡がつて行つた時、私の眼は既に、彼の眼差に答へるための会釈をしてゐたのだ。その時にはもう私には、此の男が自分の旧知の一人であることは確かだつた。ただそれが誰であつたかが疑問として残つたに過ぎない。（七）

記憶の底から「あるもの」が見付かり、「その得体の知れない或る感じが見る見る拡がつて行」く意識の動きが表現される。続いて、相手側の錯覚――本当はマッチが欲しいのに、私に「煙草を一本くれ」と頼むこと――について、彼（趙）の説明が語られる。

それを色々考へた末、彼はかう結論したのだ。つまり、それは、彼の記憶が悉く言葉によつたためであると。彼ははじめ自分に燐寸がないのを発見した時、誰かに逢つたら燐寸を貰はうと考へ、その考へを言葉として、「自分は他人から燐寸を貰はねばならぬ」といふ言葉として、記憶の中にとつて置いた。燐寸がほんたうに欲しいといふ実際的な要求の気持として、全身的要求の感覚―へんな言葉だが、此の場合かう云へば、よく解るだらう、と、彼は、その時、さう付加へた。―として、記憶の中に保存して置かなかつた。これがあの間違ひのもとなのだ。感覚とか感情ならば、うすれることはあつても混同することはないのだが、言葉や文字の記憶は正確なかはりに、どうかすると、とんでもない別の物に化けてゐることがある。（中略）彼はさう説明した。それが、此の発見がいかにも面白くて堪らないといふやうな話ぶりで、おまけに最後に、かういふ習慣はすべて概念ばかりで物を考へるやうになつてゐる知識人の通弊だ、といふ思ひ掛けない結論まで添へた。（七）

引用文中の「全身的要求の感覚」や「言葉や文字の記憶は正確なかはりに、どうかすると、とんでもない別の物に化けてゐる」、また「概念ばかりで物を考へるやうになつてゐる知識人の通弊」などは、「北方行」や「過去帳」・「わが西遊記」にも登場しそうな言説である[12]。

趙の説明に対して、「突然、私はすつかり思ひ出」す。

> 皮肉げに脣を曲げたあの薄笑ひ。眼鏡を掛けてはゐるが、その奥からのぞいてゐる細い眼。お人良しと猜疑とのまざりあつた其の目付。―おお、それが彼以外の誰だらうか。虎に殺され損つた勢子を足で蹴返していま〳〵しげに見下した彼以外の誰の目付だらうか。その瞬間、一時に私は、虎狩や熱帯魚や発火演習などをごた〳〵と思ひ浮かべながら、これが彼であるのを見出すのに、どうしてこんなに手間を取つたらうか、と自分ながら呆れてしまつた。（七）

「私」は彼の薄笑いから、「趙」と彼との過去を思い出す。

五

そして、趙との後日談は次のように閉じられる。

> かくして私は、十何年ぶりかで逢つた我が友、趙大煥を―趙大煥としての一言をも交わさないで、再び、大東京の人混みの中に見失つて了つたのだ。（七）

この「大東京の人混みの中に見失つて了つたのだ」という言い方に、前出の引用文「おお、それが彼以外の誰だらうか。」（七）という語り手の感嘆とともに、少しだが語り手の思いが込められている。（同じような表現が、六章の虎狩の後の趙に対して使われている。例・「私に言うのだ。」・「響くのだ。」・「考へたことだつた。」などである。）それらは、各章の冒頭ののんびり感や、本題に入るまでの悠長さと比較すると、分かりやすい。しかし、そうだとしても十数年ぶりの再会にドラマを期待していた読者を裏切るものだろう。

七章の眼目は何かと言えば、趙との再会による語り手の自意識の動きや記憶のあり方であり、固有のもの（虎狩や趙との具体的な交流など）から、一般的なもの（知識人全般）に視点が拡がっている。だが、趙の言う「全身的要求」のものではないため、七章の特色や必然性が分かりにくく、かつ一～六章と七章がうまく接続しておらず、物語（趙の物語）が立ち上がってこない。

だがある面では、「語り手の〈私〉にとって趙大煥の思い出は物語化して片付けてはならないもの」であり、「ここで語られた思い出は、断片のまま我々の前に投げ出されているが、まさにそれ故に、〈私〉のその時々の複雑な情動が生々しく伝えられ」[13]（山下真史氏）るのである。確かに、「趙大煥の思い出は物語化して片付けてはならない」深刻な問題である。が、「投げ出されている」断片が「生々しく伝えられ」ているかは疑問であり、物語としても、全体としての強さが感じられない。

恐らくそういった弱みを承知の上で、中島は「その時々の複雑な情動」を素材として描いているのではないか。つまり、京城や東京で起こる小さな出来事を積み重ねて、人間の「情動」や謎を描こうとした。だが、それは語り手の私や趙の「情動」が中途半端で伝わってこず、物語としてうまく機能していないため、読者には迫らない。

その原因は、彼らの限界――趙の言う「概念ばかりで物を考へるやうになつてゐる知識人の通弊」――と、物語化する力の弱さである。繰り返しになるが、語り手も趙も虎狩そのものを別にして、「全身的要求」が不足している。作者としても、主人公たちの行動よりも観察に頼っていて[14]、社会への関心や自己凝視も弱い。

「巡査の居る風景」では朝鮮の人たちの逆境や心情を描いたのに対して、「虎狩」では朝鮮と東京を舞台として、趙のドラマを作り上げようとした。だが、植民地「朝鮮」という悲痛な「場」に、人間存在や思考の複雑さを描くことは難事である。土台となるべき朝鮮と趙が生動せず、両者がうまく絡み合っていない。書かれなかった所に内実があるかもしれないが、作品では外形を描いたにすぎない。その結果、物語としての結晶度は低く、エネルギーの少ない作品となり、「植民地の物語」としても弱い。

「虎狩」の選外佳作は中島に落胆をもたらすが、入選作の「贅肉」のうまさを指摘して、友人に仕方がない[15]と言う。入選作（丹羽の「贅肉」や島木の「盲目」）が今後の彼の目標にもなろうし、負けまいとする意欲も与えたろう。そこで浮上してきたのは、「全身的要求」に溢れる独自性のある小説ではないか。折しも昭和十年前後には、「不安の文学」が流行していた[16]。

中島は「北方行」で、時代に生きる人々のドラマを描こうとして、主人公たちに「狼疾」を纏わせるが、中国を舞台にしたため、作者の力不足で挫折する。そこで、伝吉たちの「狼疾」を受けて、教師生活を「場」とするドラマを「過去帳」で描こうとする。それは、「虎狩」七章で描いた内面描写とも繋がる。そういう点で、「虎狩」は次の作品への架け橋とも言える。

注

（1）「斗南先生」と同様、「虎狩」は教え子の鈴木美江子氏によって浄書筆写され、昭和十七年の作品集掲載時に一部加筆訂正される。その際、かな表記を漢字に変えるなどの細かい変更の他に、「朝鮮人」という言葉を避けて「半島人」、また「日本人」を「内地人」との言い換えがある。中島の時局向けの配慮である。注（11）の変更・削除も同様であろう。

また、中島の小学・中学時代からの友人・山崎良彦氏の回想の中から、「虎狩」関係のものを、次に紹介する。

当時、「朝鮮人」とは軽蔑的な言い方であり、彼がその語を作品でも避けているのは彼なりの心づかいがあってのことと思われます。彼の作品にはやはり少年時代からの朝鮮体験が大きく反映しており、中国の方はむしろ少ないのではないでしょうか。「名人伝」などの人物は、韓国の郊外の旧家などによく見られるものだと考えます。（中略）また「虎狩」の中で出て来る韓国人の生徒ですが、同級生で二、三人韓国の人がいました。あるいはモデルとは言えなくとも、何かのヒントは得たかもしれません。その一人、趙君と言ったか、背の高いハンサムな、やさしくて大人しそうな生徒がいました。　山崎良彦「中島君を憶う」（『中島敦全集　別巻』筑摩書房　平成十四年五月）

文中の「趙君と言ったか、背の高いハンサムな、やさしくて大人しそうな生徒」から推測すると、「虎狩」の趙は虚構の存在だろう。

（2）濱川勝彦『中島敦の作品研究』（明治書院　昭和五十一年九月）

（3）鷺只雄『中島敦論――「狼疾」の方法――』（有精堂　平成二年五月）

（4）川村湊『狼疾正伝』（河出書房新社　平成二十一年六月）

（5）田中西次郎・中島敦宛書簡（昭和九年四月二十九日）

（6）中島は「虎狩」の選外佳作について、友人の氷上英廣氏宛の書簡（昭和九年七月十七日）で、「虎狩、又してもだめなり。但し何とか佳作と称するところに、はひつてゐる。なまじつか、そんなところに出ない方がよかつたのに。すこしいやになる。」と照れもあろうが、不満を漏らしている。

（7）中島の中学時代の友人・湯浅克衛は、朝鮮の騒擾を描いた「カンナニ」を昭和九年の『改造』第七回懸賞小説に応募したが、選外佳作となった。翌年の七月号での編集部の選評に、「カンナニ」に関する言及がある。

「特に『カンナニ』の如きは発表の困難さの為に採り得なかつた。投稿家諸君は、発表の可能性についても充分に注意されたい。」

「カンナニ」は、作品の半分以上を削除して、昭和十年に刊行される。
(8)この時入選した平川虎臣の「生き甲斐の問題」は、「兎に角色々な条件を具備してゐる点に於て、選者の目にとまつた」ものである。作品は「長屋生活を背景に青年男女の時代的苦悩を描いたもの」であり、結核を苦にしての友人の自殺や恋愛と思想の葛藤、また追い詰められた左翼運動などが詰め込まれていて、「虎狩」のように「落付きすぎまとまりすぎ」(田中西次郎氏)ということはない。
また、平川は「改造」昭和五年四月号の懸賞に応募して、選外佳作になっていた。当時(昭和五年と九年)の状況を、後年、次のように書いている。

結果は選外佳作であつた。そのときのうれしさは、後年中央公論に当選したよろこびに匹敵するものだつた。ある意味では凌駕するものだつたかもしれぬ。(中略)
東田町には一年半ほどいた。そのあいだに書いたのが、私の出世作となつた「生き 甲斐の問題」である。八年の元旦から筆を執り、会社の休中に糸口を立てておいて、あとはぼつぼつ半年ほどかかつて脱稿した。(中略)
上京以来十年。私もやつと文壇に登場するを得た。しかし地味な私の作品は、華やかな島木・丹羽両君の好評のかげにかくれて、さして問題にならなかつた。当時世田谷の桜木に百軒長屋があり、よく私はそこに出入りしていたことからヒントを得て、長屋生活を背景に青年男女の時代的苦悩を描いたものだつた。
(「あのころあれこれ」『文芸復興』昭和三十五年五月)引用は『平川虎臣作品集』(武蔵野書房 昭和五十九年六月)による。

(9)注(5)による。
平川は苦節十年で文壇にデビューするが、経済的・人脈的状況から言えば、中島の方が優っていた。

(10) 中島と同様、戦前に京城に住んでいた日野啓三に、次のような回想がある。
この京城を、私は戦前の京城を知っています。今のソウルは京城ではありません。あれは半分韓国化された現代都市で、今のソウルと昔の京城は別の町です。(中略) ここでとても重要なことは、あそこで日本の中からバラバラに来た人たちが集まって、そしていい場所を占領して、一種人工的な現代都市、あるいは中産階級、核家族、そういうふうな今の日本がやっているようなことを、実は植民地のあっちではあったのです。(中略) ですから、そういう昔の伝統的というか、しきたりとかと切り離された今の東京のような人工的な近代生活、非常に近代的生活(核家族的な、あるいは人間関係も義理人情というようなものではなしに、もっと契約的な開かれた人間関係があるという)は、彼と世界の二十世紀の思想と通底できた原因の一つではないかと思うのです。(中略)
さらに最も重要なこと、つまり朝鮮の民衆と当時の日本人たちはほとんど交渉がなかったということです。つまり、一部の日本人がいい所に住んで、ほとんど中流の生活をして、女中さんとかなんかはみんな朝鮮の人たちで、電車の運転をする人もそうです。そういう人たちは、日本人は決して尊敬していませんでしたから。民衆との自然な交渉がなかったということですね。
日野啓三「中島敦・文学という恩寵」(『中島敦』河出書房新社　平成二十一年一月)
当時の京城と東京の近さ——人工的な近代生活など——が分かるし、朝鮮人と日本人の交渉のなさも分かる。朝鮮人たちへの蔑視の中で、「私」が貴族階級出身の趙と付き合うのも頷ける。
(11) 鈴木氏の筆写した原稿では、この部分から次のような一文が続いていたが、作品集では削除された。
感慨ばかりではなく、同時に又、もつと一般的な民族とか、国家についての詠嘆でもあるのではなかろうか。

筆写原稿では差別問題について表現しているが、それでも強いものとは言い難い。
(12) ここには、当時の心理主義的小説の影響も考えられる。伊藤整たちが、ジョイスやプルーストの「意識の流れ」を論じたのは昭和五・六年頃であり、伊藤整の「生物祭」が発表されたのは昭和六年であった。ちなみに、横光利一の「機械」の発表は昭和五年である。

（13）山下真史『中島敦とその時代』（双文社出版　平成二十一年十二月）
（14）当選作の「盲目」や「贅肉」、および「生甲斐の問題」には、語り手が状況に追い詰められていて、作品には彼らの「全身的要求」が溢れている。また、丹羽や島木の作品は、特殊な状況や体験——盲目・刑務所・妾の母など——から作られていて、作品の凄みは現実の重み故であり、中島の作品にはないものである。
（15）中島の同僚であった岩田一男氏に、次のような回想がある。
「残念だったね」と言ったら、「丹羽という人、おれより巧いんだから仕方がないよ」と、中島らしい、きわめてあっさりした返事だった。（島木健作については何も言わなかった）そして、丸善から作品集「鮎」を借りて読んでいた。しかし、選外だったことはやはり、相当なショックだったらしいことが、今にして、いろいろ思い当たる。

岩田一男「横浜時代の中島敦」（『中島敦全集　別巻』筑摩書房　平成十四年五月）
（16）「不安の文学」と中島文学との関係については、「過去帳」の章で考察するので参照されたい。

十二　「プウルの傍で」

一

「プウルの傍で」は、昭和十年頃執筆と推測される未発表の作品である。内容は、京城を八年ぶりに再訪した主人公・三造が母校（京城中学）に行き、プールで泳ぎながら中学時代の出来事を回想するというものである。中島は昭和七年の夏に満州や北中国を旅行[1]して、その帰途京城に立ち寄り、数日間友人宅などに滞在した。その体験が作品に反映していると考えられ[2]、かつ、この作品に使われた原稿用紙が「北方行」や「無題」（昭和十二年頃執筆）と同じものであることから、昭和十年頃の執筆と推測しても不自然ではない。朝鮮を舞台としている点で「虎狩」と近い関係にあり、回想という点で「斗南先生」や「過去帳」などとも繋がる。

この作品の未発表の理由は、まず登場人物のモデルが容易に推測でき、作中の出来事――継母や父との争いや、中島の作品には珍しい〈性〉的出来事など――が、作者の体験に基づいていると読まれるため[3]、それらを避けようとしたためだろう。（真偽に拘わらず、家族の私的な描写や過去の性的な事件は、高等女学校の教員としてはまずいだろう。）

二番目の理由としては、作品の文学的完成度の低さである。研究者の評価も高いものではなく、鷺只雄氏は「回想の核をなすものは朝鮮や満州のエキゾティックな風物と性への目ざめ」だとし、「そこには作者の耽美的な発想があらわ[4]」だと批判する。実際、この作品は叙情的な回想や旅情が主であって、朝鮮や時代特有の出来事はあまり描かれず、作品の持つ緊張度は低い。川村湊氏は「主題的には若い男の『童貞』を破る（未遂に終わったようだが）という一種の『通過儀礼』を描いたものだが、そこに日本人男性と朝鮮人女性という要素を導入することによって、複雑な構成を持った『植民地文学』としての色合いを持つ[5]」とする。確かに、この作品は「複雑な構成を持っ」ているが、「植民地文学」として成功しているかどうかは疑問である。また、濱川勝彦氏は「斗南の血をうけた自分の経歴——過去を顧みることによって自己を確認しようとする作品」であり、三造の態度を「自己及び自分をつつむ一切のものへの厳しい態度」とし、「やがて『狼疾記』『かめれおん日記』を生み出す源泉となる[6]」とする。おおむね頷けるが、三造の態度を「一切のものへの厳しい態度」とする点には疑問がある。

二

「プウルの傍で」（全三章）は、章の分量に偏りがある。二章が作品の三分の二以上を占め、一章がその残りの大半であり、三章は『中島敦全集』（平成十四年版）で言えば、1ページ分もない。（ちなみに「プウルの傍で」は、全集で全21ページである。）書かれた量で言えば、二章で描かれた出来事——三造の冒険——が作品の中心になる。また、作品内の時間は、三造が京城中のプールにいる夏の午後と、七・八年前の中学生時代の二つがあり、三造の過去と現在が交互に登場する構成になっている。

各章ごとの出来事をまとめてみると、一章は八年ぶりに訪れた母校のプールで泳ぐ三造に、一昨日訪れた奉天と八年前（中学校の修学旅行）の奉天が重なり、かつて出会った人々——ロシア人の少女や少年、女性たち——が回想される。

二章は眼前の棒高跳びの選手の姿から、中学生時代の回想——継母や黒猫のことなど——が始まり、現在の三造の気持ち――「旅の疲れのものうさと、帰郷の心に似た情緒との交つた甘ずつぱい気持」――が描かれる。続いて猫を交えた父との諍いの回想があり、また現在に戻る。その後、彼はプールの傍に来た十一・二歳の朝鮮の少女を見て、「後姿が、彼に、彼の最初の妖しい経験を思ひ出させ」、三造の冒険――娼婦との一夜――が回想される。（それは作品の四分の一以上を占め、また現在に戻る。）三造はプールから離れ、かつて彼を襲った「制裁」の顛末――上級生による暴力と、それに対する三造の「憤り」や口惜しさなど――が回想される。

三章は、「ラクビイの選手達はみんな引き揚げてしまつて、運動場には誰もゐなかつた。」の一文から始まり、二章の一夜の冒険による上級生による制裁に照応するように、[7] 三章末尾の三造の屈折した思い――「肉体への屈服」と「精神への蔑視」――が語られる。[8]

以上のように対象と時間が入れ替わり、夕暮れや晩夏の描写が旅愁や回想に浸る三造に合わせるように、作品の雰囲気を盛り上げている。

以降、三造の一夜の冒険と、その後の暴力への彼の思いを中心に見ていく。

三

二章の三造の冒険（回想）は、継母や黒猫などの思い出の後で、眼前の朝鮮の少女をきっかけに始まる。

当時の三造には、「時として、どうにもならない爆発的な力」（二）を持つ性欲とロマンティシズムがあった。次の引用文から、孤独な彼に性欲とロマンティシズムが混在しているのが分かる。

が、それにもまして、たまらなく彼の気持をそそり立てたのは、夜の街の灯であつた。夜になつて、街に灯がはひり出すと、どうにも彼はじつとしてはゐられなかつた。彼は顔の面皰を気にしながら、こつそりと継母の美顔水をつけたりして、ふら〳〵と街へ出て行つた。何か空気の中に胸のふくらむものが、はひつてでもゐるかのやうであつた。飾窓の装飾も、広告燈も、朝鮮人の夜店も、灯の光の下では、すべてが美しく見えた。さういふ夜、若い女とすれちがつた時の、甘い白粉の香は、少年の三造を途方もない空想に駆立てた。

（二）

彼には「灯の光の下では、すべてが美しく見え」るロマンティシズムと、「若い女とすれちがつた時の、甘い白粉の香は、少年の三造を途方もない空想に駆立て」る性欲がある。

ある夜、家族との反目から家を出た三造は、友人と娼婦街へ行く。だが娼婦たちに呼びかけられると、「すつかり狼狽し」、「今度はたつた一人の女が立つてゐ」る所に行く。三造は「どうしたはずみか、ひよいと」女に笑いかけてしまい、女は「小さな手で、しつかり彼をつかまへ、もう一度笑ひながら日本語で、『イキマセウ』と言」う。

彼は反射的にその手を払ひのけた。女は、案外弱く、よろよろとよろけたが、彼の制服の上衣をつかんだ手を離さなかつた。三造はもう一度烈しく女を突飛ばして身を退いた。ビリツと布の裂ける音がした。彼の上衣のボタンが二つ三つ土の上にころがつた。そのいきほひに女は驚いて手を放し、瞬間、許しを乞ふやうな女らしい表情を浮べた。が、すぐに今度は、急いで、そのボタンを拾つた。「ボタンを返してくれ。」と、彼は手を出しながら言つた。女は嬉しさうに笑つて頭を横にふつた。「返してくれよ。」と彼はむきになつてもう一度言つた。女は又、笑つてボタンを見せながら、後の家を指して、不器用な口つきで言つた。「アガンナサイ。」

三造はしばらく女を睨んでゐた。

（二）

そこを離れ、「彼等がものの半丁も歩いたかと思ふ頃、後からパタパタと小刻みな足音が聞え」、女がボタンを返しにやってくる。

女は小柄であつた。まだ子供だらうと思つた。描眉毛もうすく、鼻もうすく、脣もうすく、耳も肉がなく、小さかつたが、大きな朝鮮人らしくない、くりくりした目附が、割に、その顔を派手にしてゐた。下袴はうすい紅で、右の腰のあたりで、大きな蝶結びに結ばれてゐた。安物らしくピカピカ光つた上衣の袖から、華奢な小さな手が出てゐた。

ボタンを渡すために女は三造の手を求めた。彼は手を出した。少女はボタンを置き、そのまま自分の手を彼の手の中に握らせた。柔かく冷たく、しめり気のある感触であつた。少女はその姿勢のまま、ぢつと真直ぐに三造の眼を見上げて言つた。

「キナサイ。」

それは少しも媚を含んだ態度ではなかつた。あたりまへのことを請求するやうな態度であつた。三造は、妙な混乱を—先刻のとはちがつた種類の混乱を感じた。彼は、彼の手の中にある少女の小さな柔かい手を強く握つて、「さよなら、」と言つた。（二）

習作「下田の女」のような浮ついた描写ではなく、落ち着いた描写である。

三造はその場を立ち去ろうとするが、「三十歩ほど歩いてから振返ると、先刻の街灯の下に、まだ、あの少女の立つてゐるのが小さく見えた。」。ボタンを返してくれた少女の好意と、「柔かく冷たく、しめり気のある」手の感触や「妙な混乱」などにより、彼女の元に行く。

それは買春のためではなく、別れた後も彼を見ている少女の姿――孤独な彼女の可憐さ――が、彼に同情の念を呼び起こしたためであろう。それは、かつての飼い猫のみすぼらしさ故に「いとほしく思」う彼の心情と繋がっている。親に愛されない少年と薄幸の少女という組合せは類型的だし、少女と猫との同一視などはいささか不自然だが、その底には叙情的で耽美的な思いが流れている。

四

場面は彼女の部屋に移る。「その部屋は天井の低い、三畳ほどの温突で」、「少女は彼を連れて部屋にはひると、堅い床の上にペタリとどんび足に坐つて、鏡をのぞいて紅を唇にさした。」。三造は、一夜の値段の交渉をする。

弱々しさうな身体つきと顔立をした少女が、やさしい表情をしながら、変な日本語を使ふのが、彼に妙な気持をさせた。（中略）それと知らないで、しやべつてゐるのは、彼女の表情とちぐはぐな滑稽なものを感じさせた。（二）

少女の魅力が、エキゾティシズムと相まって描かれている。三造は少女に惹かれ、彼女は自分の勤め（売春）を果たそうとする。それを受けて呼称も、「少女」から「女」に変わる。彼は「自分の意図」を伝えようとするが、うまく伝わらない。女の「好意」は見せかけではないが、彼女の場合、それは「売春」という行為を意味し、三造の好意（同情）はそれを拒否することである。その結果、女は困惑せざるを得ない。

女は彼を訊ねるやうな眼附で見上げた。
女は全く当惑しきつてゐた。
女は手持無沙汰で困惑した面持であつた。

（二）

三造は彼女に、自分を放っておいて「寝るんだよ。」と繰り返す。しかし、彼自身も余裕があるわけではなく、持参した小説（「ポオルとヴィルジニィ」）を読もうとするが、「気が散つて、同じ所を幾度読んでも、中々意味がとれ」ず、「読んでゐるふりを続けて」いた。ここには余裕のない困惑や後ろめたさとともに、優越感もあろう。

女は益々困つたやうな、泣笑ひのやうな表情をした。彼女には、どうにも、客の気持がのみこめないのであつた。彼女は、間の抜けた、困惑しきつた微笑を浮べて横に首を曲げながら、媚びていいものか、どうか、とい ふ風に、客の顔色をうかがつた。

（二）

三造は女に、「やや烈しい口調で」寝るように指図すると、「彼女は怯れたやうに身を退」く。三造も彼女にとっては、結局は迫害する日本人の一人である。

彼が機嫌を悪くしてゐる時、それに媚びようとする彼の黒猫の眼附が、今のこの女の表情に似てゐた。突然彼は上衣の内ポケットから財布を出し、五十銭銀貨を四つ取出して、それを彼女の鏡台の上に重ねた。彼女は、更に恐れたやうに、三造と銀貨とを見較べながら、手を出さうとしなかつた。彼はふと、女が可哀さうになり、やさしい調子で言つた。

「い、んだよ。怒つてるんぢやないんだ。いいから銭をとつて、お前だけ寝ればいいんだよ」
女はまだ怪訝な表情を続けてゐた。（中略）その中に女は立上つて、今度は、ほんたうに、身仕舞をして、床にはひつたやうであつた。
（二）

最後の「床にはひつたやうであつた」という一文で、その夜の冒険は終了する。[9]

引用文中の「彼が機嫌を悪くしてゐる時、それに媚びようとする彼の黒猫の眼が、今のこの女の表情に似てゐた」あたりは、三造の傲慢さや無神経さというよりも若さによるし、女の弱い立場を表している。「彼女は、更に恐れたやうに、三造と銀貨とを見較べながら、手を出さうとしなかつた。彼はふと、女が可哀さうになり、やさしい調子で言つた」からも分かるように、女の怯えた姿が三造に憐憫をもたらす。実母を知らず、二人の継母に愛されない三造にとって、かつて黒猫が唯一の救いであったように、少女の存在はそれに近かったのだろう。ひょっとすると、彼は弱者（猫や少女）に、自分自身を見ているのかもしれない。[10]

だが、弱者に対する同情があるとしても、三造は差別する側の人間である。彼は少女に対して買春者であり、搾取する日本人の一人である。彼に蔑視がなく同情があるとしても、それは差別者（強者）としての同情である。[11]

こうして三造の回想は終わるが、この事件（娼婦との一夜）時と現在（八年後）の三造との違いは、回想時の彼の様子からうかがわれる。

プールから上がった三造は自分のけがの血を見て、「他人事のやうに綺麗だなと思」い、朝鮮鴉が描写される。彼が感じる寒さやくしゃみ、けがによる血・朝鮮鴉などのイメージを合わせると、それらは夏の盛りのイメージとは違い、どこか前途への不安感や青春の盛りを過ぎた物憂げなものを漂わしている。不安を孕みつつも緊張感のある娼婦との出会い時とは違い、現在の三造は旅の疲れも加わり、弛緩した状態にある。

少年の日の青空は、今見上げる空よりも、もつと匂やかな艶がありはしなかつたか？　空気の中にも、もつと、華やかな軽い匂ひがあつたのではなかつたか？（二）

八年前の三造は不器用でとまどっていたが、冒険の中にいた。しかし、現在の三造は倦怠の中にいる。そして、その奥底には、侵略（差別）の度を深める「日本」の存在が影響しているのかもしれない。
八年前の朝鮮は、朝鮮総督・斉藤実による「文化政治」の時代であり、一種の小康状態[12]にあった。しかしその後、昭和四年十一月から光州学生運動や抵抗運動が起こり、満州事変（昭和六年九月）が勃発し、朝鮮は不穏な状況になる。侵略者・日本人の後ろめたさや罪悪感が作品に揺曳しているとしても、そう的外れではないだろう。そういう意味では、この作品は「植民地文学」たり得るだろうが、現在の三造の立場があいまいで、行動ではなく感慨や回想が主であるため、深みを出すことができていない。

五

二章に続いて、三章はラグビーの選手たちの去ったグラウンドや、「ゴオルだけが寂しく残つて・日はすでに落ちて・空の色は次第に黒みを帯びた紺色に変りつつあ」る情景と、プールの競泳選手たちが描かれる。三造は自分の貧弱な身体と比べて、彼らを「此の上なく羨ましいもの」に思い、次のように感じ、作品は終了する。

丁度何年か前、上級生に打たれた時に感じた、あの「肉体への屈服」と、「精神への蔑視」とを、彼は再び事新しく感じるのであつた。

（三）

この肉体的弱者として、いかに他者（強者）に対するかとの疑問は、三造と娼婦との関係に似ているが、制度的な支配・被支配関係ではなく個人レベルのものである。この感慨は、後年の「かめれおん日記」でも繰り返され、次のように語られる。

まことに意気地の無い話だが、私は、暴力—腕力に対して、まるで対処すべき途を知らぬ。勿論、それに屈服して相手の要求を容れるなどといふ事は意地からでもしないけれども、たとへば、殴られたやうな場合、どんな態度に出ればいいのだらう。此方に腕力が無いから殴り返す訳には行かぬ。口で先方の非を鳴らす？　さういふ時の自分の置かれた位置の惨めさ、その女のやうな哀れな饒舌が厭なのである。その位なら、いつそ超然と相手を黙殺した方がましだ。併しその場合にも猶、負惜しみ的な弱者の強がりが、（傍人に見えるのは差支へないとして）自分に意識されて立派とは思へない。（中略）暴力の侵害（腕力ばかりでなく、思ひがけない野卑な悪意、誤解なども之に入れていい）に打克つだけの力を備へてゐるのは結構に違ひないが、相手に対抗し得る腕力・権力を有たないでゐて、（或ひは有つてゐても、それを用いずに）唯精神的な力だけで悠揚と立派に対処し得る人があれば、尊敬してもよいと思ふ。それはどんな方法によるか、私には想像もつかない。（四）

主人公の自尊心の高さと、暴力に無力な状況を打破したいとの願望が持続している点は注目される。[13]彼らは答を捜し続けている。

以上のように、「プウルの傍で」は種々の回想を描きつつ、過ぎゆく青春への思いを滲ませながら、過去や他者との関係を描こうとした作品である。だが、それらは個人的レベルの回想や感想——一夜の冒険や力による制裁など——であって、植民地の現状や問題追及の如き社会性を帯びることはない。かつ、作品の中心が八年前の回想で、現在の三造が旅行者として倦怠感[14]の中にいるため、作品に描き足りなさがある。この状況は「過去帳」の主人公たちと似ている。「過去帳」から〈生活〉と〈狼疾〉を除けば、「プウルの傍で」の主人公に近づく。比喩的に言えば、主人公は現在よりも過去に愛着を感じつつ、充足への願いを持っている。

「プウルの傍で」もそうだが、昭和十年前後の「北方行」「無題」は、否定的な言説や問いかけで作品が終わっている。肯定でなく否定は、作品の能動性や達成感を弱める。そこから脱するか、逆に見きわめようとするのか。主人公たちの否定的面や倦怠感は、次の「過去帳」でより深く追求される。

注

(1) この旅行は観光旅行のようだが、一つの目的として、当時満州の高級官吏であった叔父・比多吉を訪ねての就職の依頼があったようである。その証拠として、昭和八年一月頃の妻宛の書簡の一節を紹介する。

最近満州の叔父さん——イヤな叔父さんだな。もし満州で口を見付けてくれなかつたら。——の方はどうもはつきりしなくなつたい《ママ》し、(僕が大学で、兵隊さんの教練をしなかつたからだ) それに行けたとしても身体のために、あまり良くないし。まあ、どうにかは、なるだらうが。

その後、中島が横浜高等女学校をやめた時も、満州行きの話があった。満州での就職は喘息には悪いが、選択肢の一つであった。

(2) この作品は、三造が中学校を卒業して、八年後に母校を再訪するという設定である。中島の中学卒業(四年修了)は大正十五年であり、その八年後は昭和九年になり、いささかズレはあるものの大体の時期は合う。ただ、実際の再訪は昭和七年であり、中島が大学三年生のときであり、卒業後の進路がまだ未定という不透明感が、三造の造型に影響していよう。

（3）「プウルの傍で」で語られるエピソードが真実か否かについては、例えば三造と父母との諍いはその通りだろうし、昭和七年の京城滞在の時、娼婦街に行っていたことについては友人の証言がある。だが、作品の中心である中学生時代の娼婦との体験と、上級生による制裁が事実かどうかは不明である。

中島の中学生時代からの友人たちの証言によれば、中島の家庭の不幸はよく知られたものであり、彼が中学生の四年生頃から、学校をさぼり始めたのも事実らしい。また、杉原忠彦氏が「プウルの傍で」のモデルの一人だという指摘（小山氏）もある。

小山政憲「『校友会雑誌』その他のこと」、杉原忠彦「三角地のことなど」（『中島敦・光と影』新有堂　平成元年三月）

伊東高麗夫「興味ある存在、中島敦」（『中島敦全集　別巻』筑摩書房　平成十四年五月）

昭和七年の京城滞在の時、娼婦街へ行った云々は山崎善彦氏の証言による。

山崎良幸「中島君を憶う」（『中島敦全集　別巻』筑摩書房　平成十四年五月）

また、「北方行」の伝吉の回想によれば、女を「初めて知つたのは中学の四年の時、年上の友人にさそはれて行つた私娼窟でであつた」（第三篇・三）とある。

（4）鷺只雄『中島敦論――「狼疾」の方法――』（有精堂　平成二年五月）

（5）川村湊『狼疾正伝』（河出書房新社　平成二十一年六月）

（6）濱川勝彦『中島敦の作品研究』（明治書院　昭和五十一年九月）

（7）この事件の描写が、「虎狩」の趙への制裁事件の執筆と関係を持っていよう。

（8）ここは、「虎狩」で上級生に殴られる趙の心情とも似通っているが、「虎狩」には日本人の朝鮮人への差別が背後にあり、趙の屈折した内面と語り手の差別をめぐる思いが描かれる。「プウルの傍で」も、「植民地朝鮮において宗主国人としての日本人であること自体の受難であり、贖罪である」（川村湊氏）との意識が揺曳しているのかもしれない。

（9）原稿にはこの後に三百字程度の文章があったが、抹消されている。そこには眠っている女の傍に寝る三造の姿が描かれているが、「身体中の関節」が「脈打ちはじめた」とあり、それ以前の部分とは雰囲気が合わず、抹消されたものと考えられる。

（10）同様な例として、「北方行」で無軌道な生活を送る伝吉を感動させたのが、同棲相手の連れ子（二歳の男の子）の孤独な姿であった。伝吉は、男の子の孤独な姿にかつての自分（「母を知らぬ少年」）を見たのかもしれない。

（11）この日本人の少年と朝鮮の売春婦との出会いは虚構かも知れないが、事実とすると、大袈裟に言えば、日本人による差別の一事例である。中島の友人・湯浅克衛の「カンナニ」（『文学評論』昭和十年四月）と比べるまでもなく、三造と少女の結びつきは一時的であり、一方的でしかない。

（12）3・1独立運動後、朝鮮総督・斉藤実は「文化政治」をスローガンにして、言論・出版・集会の統制を緩めた。大正十五年頃の朝鮮は小康状態にあった。

（13）この問いに対する回答を、後の中島の作品から探せば、「悟浄歎異」に描かれた三蔵法師の「内なる貴さ」――「外的な事故に依つて内なるものが動揺を受けないやうに、平生から構へが出来て了つてゐる」――が該当する。それは精神的な高みにあるため、弱者の悟浄には得られないものだが、「唯精神的な力だけで悠揚と立派に対処し得る」ものとして表現される。孔子（「弟子」）や蘇武（「李陵」）たちの生き方や、司馬遷の「書写機械」のような己れを殺した生き方も、それに近いだろう。

（14）それ故、三造の態度は「一切のものへの厳しい態度」とは言い難い。

十三　「過去帳」

一

「過去帳」（「狼疾記」・「かめれおん日記」）は、中島の第二作品集『南島譚』（昭和十七年十一月刊）に収録・発表された。両作品の原稿末尾に記載された日付――「狼疾記」は「昭和十一年十一月」、「かめれおん日記」は「昭和十一年十二月」――や、作中で起こる出来事――例えば、カメレオンは昭和十年の冬に中島の手に入った――や、「ノート二」（昭和十一年頃執筆）中の「かめれおん日記」冒頭部の下書きの存在、および「かめれおん日記」中の短歌の作歌時期（昭和十二年冬）などを考慮すると、「過去帳」は昭和十一年頃から執筆され、昭和十二年にはそのほとんどが完成して、その後部分的訂正や加筆が行われたと推測される[1]。

「過去帳」の雰囲気は、その題名に象徴されるように明るいものではない。例えば作品の舞台は横浜であるが、海港都市としてのハイカラな横浜のイメージからは遠く、全体的に暗い印象がある。川村湊氏は「『狼疾記』の冒頭で繰り返される三造の存在論的な虚無感（「存在の不確かさ」）の原点としての野蛮人（異文化）の世界の映像は、『横浜』という港町が、そうした異文化、異世界への出口でありながら、三造自身は、そこに狭く閉ざされ、囚われていることを逆に自覚させるための場所として機能している[2]」とし、濱川勝彦氏は「かめれおん日記」に、「『死』の雰囲気の濃いこと[3]」を指摘する。確かに、両作品には「狭く閉ざされ、囚われている」との感があり、「狼疾記」

で主人公は「存在の不確かさ」に振り回されているし、「かめれおん日記」ではカメレオンは死に、主人公は作品最終部で外人墓地に佇むように、死の雰囲気が漂っている。

しかし、この時期の中島は後年（昭和十四年以降）に比べれば、まだ健康で行動的である。昭和十一年の春には小笠原に、夏には中国に旅行しており、昭和十二年の中島の詠んだ短歌群にも、生活や美への喜びを詠んだ歌がある。（逆に、生活の不充足感や孤独感が表現された歌もあり、それらは「過去帳」に数首引用され、作品の雰囲気を形作っている。）

これはどういうことか。当時の中島の生活が、喘息発作時は別として、「過去帳」のように暗く閉ざされていたとは思えない。彼の心情——教師生活への不満や創作への焦りなど——にそういう傾向があったかもしれないが、昭和十五・六年頃に比べれば、身体的にも経済的にもそんなに切羽詰まってはいない。「過去帳」は主人公の内面を描いているが、それは似ているとしても中島の一面にすぎないのではないか。つまり彼は、「過去帳」に自分のマイナス面を拡大して描いたと考えられる。

だが、中島の友人は三造を中島の分身として受け取る。（後述するが、「過去帳」の原稿を読んだ釘本久春氏は、作品を虚構とは取らずに中島を心配している。）

釘本久春氏は中島の「内心の問題」について、次のように回想する。(4)

中島が、その作品の中にも書いているように、彼自身の内心の問題について、いつも苦しんでいたことは、確かであった。

しかし、前にも書いたように、中島は、人と共にあるとき、暗鬱や苦渋の感じを、決して与えなかった。

中島が、苦しみ悲しんでいることは、分る。

しかし、透明な切々とした感じが、こちらにも伝わるだけであった。

友人の言だから割り引く必要もあるが、「暗鬱や苦渋の感じを、決して与えなかった」とあるように、中島は自分の悩みをストレートに告白しない。中島の自尊心の高さや告白嫌いの文学観を考慮すると、そう考えられる。[5]彼が書いた小説でも、中島に近い人たちが分身だと思う李徴（「山月記」）は、虎に変身するまで己れの内面（苦悩）を誰にも語らない。[6]

では、なぜ告白と受け取られるような作品（「過去帳」）を書いたのか。

その理由の一つは、創作上の転換意欲ではないか。彼は「虎狩」・「斗南先生」と他者を描いてきたが、成功しなかった。そして「北方行」も挫折する。それらが作品の転換を促したと考えられる。つまり中島は、他者よりも自分を描こうとし、かつ「北方行」を受け継ぐものとして、「過去帳」の創作を考えたのではないか。

他の理由として、この作品は「青春の終末期にあた」り、昭和十二年冬に集中的に詠んだ短歌と同様、「享楽主義の破局に直面した者の心象風景を叙したもの」[7]（鷺只雄氏）であろう。中島にとって昭和十年前後は、人生の変わり目である。昭和八年には東京大学卒業・横浜高等女学校就職・長男誕生などがあり、昭和十年六月には妻子と同居する。前述の理由と関連するが、その変化（心象風景）を表現したかったのではないか。だが、それらは次の理由と絡み、暗さや死の雰囲気を持ち、内面（「狼疾」）が拡大された。

第三の理由として、山下真史氏の言うように、[8]昭和十年前後の「不安の文学」流行の影響が考えられる。昭和十年前後に、左翼運動（文学）の壊滅やレオ・シェストフの『悲劇の哲学』[9]（昭和九年一月）の刊行があり、「不安の文学」[10]――島木健作の「癩」や藤澤恒夫の「世紀病」など――が登場する。「過去帳」は「不安の文学」の流行とともに、シェストフの『悲劇の哲学』に影響を受けていると考えられる。

次節以降、シェストフの「悲劇の哲学」の「過去帳」への影響を中心に考察する。

二

『悲劇の哲学』中から、「過去帳」に影響したものとして、次の三点を指摘できよう。一点目は「悲劇の哲学の始まり――足場を失ふこと――」であり、二点目は「地下の業」、三点目は「苦悩への愛」に関するものである。まず一点目の「足場を失ふこと」について、『悲劇の哲学』中の該当箇所を引用する。[11]

足場を失ふことが懐疑の始まりなのである。理想主義が現実の攻撃に対して無力であり、又、運命の意志の儘に人が現実にぶつかり、美しい「先天的なもの」がすべて嘘偽に過ぎないことを発見して驚いたときに、その時始めて懐疑の心が彼の内に湧き、古い空中楼閣の壁を一挙にして破壊するのである。（中略）人は地上の敵共に直面して恐しい孤独を感じ、己に最も忠実な、親しい者も決して自分を救つてくれることが出来ないことを知るのである。

悲劇の哲学が始まるのは此処からである。希望は永久に消え失せた。然も生きてゆかねばならず、生命はまだまだ長い。假令死にたくとも、死ぬことは出来ない。(11)

引用文中の「足場を失ふこと」は、『悲劇の哲学』のキーワードの一つである。「美しい『先天的なもの』がすべて嘘偽に過ぎないことを発見して驚いたときに、その時始めて懐疑の心が彼の内に湧き」、「恐ろしい孤独」が襲い、他者はどうすることもできない。同じく三造たちも「足場を失ふこと」に苦しんでいる。また、「希望は永久に消え失せた。然も生きてゆかねばならず、生命はまだまだ長い。」という文章は、「かめれおん日記」の最終場面を連想させる。

二点目は、「地下の業」に関してである。

ニイチェがどれほどの闘ひと動揺と疑惑とを「新しい路」において切り抜け負ひ通さねばならなかつたといふ事はこゝから充分察知される。すべてのものに「人間的」なものを、たゞそれのみを見るといふ事は、彼には恐しいことであつた、が又已みがたいことであつた。彼が地下の業にとりかゝつたのは、単なる好奇心からではなく、学者的興味からでさへなかつた。彼は長く続く闇を、不可解なもの、秘密の充てるもの、謎めけるものを必要としたのだ。青年の頃知つてゐたあの単純で軽やかで秩序の整つた世界へと彼を引き「戻す」心はどんなに強かつたか！　彼はどんなに彼の「良心」と和解したく思ひ、他の教師達と共に崇高な事物について極めて厳かに語る権利をとり戻したいと願つたか！　しかしあらゆる「帰還」の路は彼に禁じられてゐた。

(23)

「過去帳」の主人公たちは、ニーチェのように「闘ひ」はしないが、「動揺と疑惑」を「切り抜け負ひ通さねばならなかつた」。そして、自己に[12]限定されるが、「すべてのものに『人間的』なものを、たゞそれのみを見る」。それは「恐ろしいこと」であり、「已みがたいこと」でもある。彼らは、長い闇の中での「地下の業」に従事している。

三点目は、知識人たちが持つ「苦悩への愛」である。

苦悩への愛を説き、人間の中の最上の者らが、次第に境涯が悪くなつて行くであらうから、没落して行かねばならないと告知するドストエフスキーやニイチェの類の教師らがゐるといふ事態が既に、楽天主義者や唯物論者の薔薇色の希望が小児の夢にすぎなかつたといふ事を示してゐる。（中略）人がこれを身に負ひこれを是認し、恐らくは遂にこれを了解するであらう時、その時が今や来てゐるのである。（中略）「インテリゲンチヤ」にとつては一つの重い時代が始まつてゐるのだ。（29）

前二点とは違い、「過去帳」の主人公たちは「苦悩への愛を説」かず、苦悩を「身に負ひこれを是認し、恐らくは遂にこれを了解」することはない。が、彼らは「楽天主義者や唯物論者の薔薇色の希望が小児の夢にすぎなかつたといふ事」や「一つの重い時代」の始まりを感じていて、何とか抜け出ようと苦悶している。だが、『悲劇の哲学』でもそうだが、その具体的な道は明確ではない。

以上見てきたように、「過去帳」は『悲劇の哲学』の「足場を失ふこと」に最も影響を受けている。彼らは足場を失い、「地下の業」に従事し、「苦悩への愛」は少ないものの「重い時代」の中で抜け出ようともがいている。つまり、彼らは「足場を失ふこと」や「長い闇」に苦しみ、（「過去帳」では）他者との関係から離れ、視線は他者よりも自己に注がれ、己れの弱さ――「存在の不確かさ」――に囚われている。

「過去帳」が昭和十年前後に発表されていれば、自意識過剰の「不安の文学」系列の一作品として受け止められ、中島を知る者は主人公に作者を感じ取ったに違いない。事実、この小説の原稿を昭和十五年に読んだ釘本久春氏は[13]、次のように中島宛の書簡に書く。

御便りではあつたが、僕はかめれおん日記の方から先に読んだ。作品としては、僕はかめれおん日記の方をとる。あれは、凍つたガラスのように、冷めたく美しい、たゞ美しさだけを感じてゐるのではないが、あの読

> む者の胸をきいつと冷めたく截つていく美しさも問題だと思ふ。
>
> が、かめれおん日記や狼疾の作品としてのまとまり（妙な言ひ方だが）を喜ぶと同時に、僕にはあの作品の地盤である作者の生活の現実が気にかゝるのだ。僕は友人として、限りなく内部ばかりに入つてゆく　そして身を噛んでゐる作者の人間的誠実—誠実などゝは　作者自身は考へても居らず、不本意なレッテルだらうが—が、いたましくて見てゐられぬやうな気持になる。
>
> 作者が、真の意味で、あの生活から他縁な生活圏に立つ日を希はずにはゐられない。その、凡ゆる人間的真摯にも不拘、作者はあの生活の灰暗から、たち去る日が来なければならぬ気がする。いたましすぎる。
>
> （中島敦宛　昭和十五年一月十三日）

友情にあふれた文章であり、氏は三造イコール中島と読んでいる。だが氏は、（かつては「不安の文学」と近い地点にいたとしても）、この頃（昭和十五年）にはすでに、「不安の文学」的状況とは離れた位置——戦地を体験し、仕事（教育行政）に打ち込んでいる[14]——にいて、中島を思いやっている。だが、氏の懸念はある面では、三造の造型の弱さに通じているし、中島の「過去帳」的世界に、「いたましさ」とともに物足りなさも感じていよう。

釘本氏は前年の中島宛書簡（昭和十四年十月十二日）で、「お互いに此の時代を生ききゝつて仕事をしませう　敦ちやんも仕事してください。」と、仕事（創作）に励むように中島を激励している。対して中島は、釘本氏の懸念する「いたましさ」や無言の物足りなさを受け止め、「過去帳」の発表を断念したのかもしれない。

後に中島は『南島譚』刊行（昭和十七年）の際、「かめれおん日記」と「狼疾記」に「過去帳」という総題を付け、過去のものとして両作品を位置づけている。

よく知られているように、「過去帳」は「北方行」（昭和八年〜十一年頃執筆）から生まれた作品と言ってもよく、特に、「狼疾記」は多くの部分で「北方行」と重複している[15]。

三

簡略に述べれば、「北方行」は本格的小説をめざしたが、主人公たちの相似した観念や複雑な三角関係および混沌とした中国の政治情勢など、作者の手に余るもので未完となる。だが、作品への愛着や一部でも形にしたいとの思いと、逆に力不足の自覚および「不安の文学」の影響などから、作品の場を中国から身辺に換え、内容も主人公たちの生活や心情をマイナス面に限定・拡大して、「過去帳」の執筆へと結びつけたと考えられる。

その結果、「過去帳」の主人公たちは「北方行」の伝吉たち以上に、日常的空間の中ではっきりした存在感を持てず、他者との間に溝を感じ、受け身で何者かの救済を待っている。

ある行為の結果が「北方行」の主人公たちの現状だとすると、行為を回避した結果が「過去帳」の主人公たちの現状と言っていい。つまり前者から行為を消していくと、後者の姿に近づく。彼ら（「過去帳」の主人公たち）はできれば世間から身を隠し、狭い自分の世界に安住したがっている。だが生き方の幅を狭めた結果、他者との関係が薄れ不充足感や不安・孤独に陥り、「狼疾」に苦しむようになる。これは、遍歴に出る前の悟浄（「悟浄出世」）と似ている。悟浄は現状に耐えられず行動に出るが、「過去帳」の主人公たちは不満や苦しみに苛まれつつも、打開できない状況にいる。

元々「過去帳」には大きな事件はなく、主人公たちの日常生活の見聞や感想がモノローグ的に描かれる。病気による不活発さや鋭い感覚などは理解できるものの、生命力や行動力の不足は彼らの心身に弱体化をもたらす。そんな彼らにまず訪れるのは、過去の青春への懐旧の情である。「かめれおん日記」では、次のように語られる。

青春への郷愁に胸を灼かれるやうな思ひをしながら、私は部屋に帰つて来た。本棚や本箱をひつくり返して、まだ残つてゐる筈の・昔使つた「詩と真実」を探して見たが、見付からなかつた。取散らかされた書物の間で、暫くは、若さへの愛惜と、友情への飢渇とに、じつとしてはゐられないやうな・遣瀬ないとでもいふより言ひやうのない気持であつた。（二）

彼にとって過去は輝き、現在はくすんでいる。彼は現状を、「何とかしなければならぬ」と思ひつつ、「生活のあじきなさ」に苦しめられている。もちろん彼は、努力をしていない訳ではない。

博物の教師のくせに博物のことはろくに知らず、古い語学を囓つて見たり、哲学に近いものを漁つて見たりする。それでゐて、何一つ本当には自分のものにしてゐないだらしなさ。全くの所、私のものの見方といつたつて、どれだけ自分のほんものがあらうか。いそつぷの話に出て来るお洒落鴉。レオパルディの羽を少し。ショペンハウエルの羽を少し。ルクレティウスの羽を少し。荘子や列子の羽を少し。モンテエニュの羽を少し。何といふ醜怪な鳥だ。（三）

現代人の眼から見ると、「古い語学を囓つて見たり、哲学に近いものを漁つて見たり」、「何一つ本当には自分のものにしてゐないだらしなさ」と自嘲しても、その努力や試みだけでも価値があり、彼の教養は現代人以上だと推測される。[16] 問題は、そういった思想の遍歴の末に陥った状況である。

兎に角、気が付いた時には、既にこんなヘンなものになつて了つてゐたのだ。
い、、悪い、ではない。強いて云へば困るのである。（中略）みんなは現実の中に生きてゐる。俺はさうぢやない。かへるの卵のやうに寒天の中にくるまつてゐる。現実と自分との間を寒天質の視力を屈折させるものが隔ててゐる。直接そとのものに触れ感じることが出来ない。（中略）つまり、何事をも（身の程知らずにも）永遠と対比して考へるために、先づその無意味さを感じて了ふのである。実際的な対処法を講ずる前に、そのことの究極の無意味さを考へて（本当は感ずるのだ。理屈ではなく、ア、ツマラナイナアといふ腹の底からの感じ）一切の努力を抛棄して了ふのだ。　（二）

彼は現実の中に生きていないと感じている。「気が付いた時には、既にこんなヘンなものになつて了つてゐた」。現実と自分の間には膜がある。しかも、「何事をも（身の程知らずにも）永遠と対比して考へるために、先づその無意味さを感じて了」い、「ア、ツマラナイナアといふ腹の底からの感じ」が、行動を阻害する。その結果、「一切の努力を抛棄して了ふ」。

その原因を、彼は次のように考える。

回顧的になるのは身体が衰弱してゐるからだらうと人はいふ。自分もさうは思ふ。しかし何といつても、現在身を打込める仕事を（或ひは、生活を）有つてゐないことが一番大きな原因に違ひない。　（二）

彼は女学校の教師だが、「身を打込める仕事を（或ひは、生活を）有つてゐない」と言う。が「打込める仕事（生活）」

について明確にされず、彼が取りあえず求めるのは「我欲・我執」（四）であり、「排他的に一つの事に迷ひ込むことが唯一の救ひだ。」（四）とまで言う。しかし、それは「迷ひ込むこと」であり、「打込める」ことではない。やはり打ち込める仕事（生活）の発見や、それを獲得するための実行が緊急の課題である。それによって、自分を苦しめている「永遠と対比して考へるために、先づその無意味さを感じて了ふ」念や、「存在の不確かさ」（「狼疾記」）の心身への影響力を減少させることが可能になる。

四

続いて注目されるのは、「狼疾記」の主人公の感じる「存在の不確かさ」である。三造がそれを最初に感じたのは、中学生の時であった。

丁度、字といふものは、ヘンだと思ひ始めると、―その字を一部分一部分に分解しながら、一体此の字はこれで正しいのかと考へ出すと、次第にそれが怪しくなつて来て、段々と、其の必然性が失はれて行くと感じられるやうに、彼の周囲のものは気を付けて見れば見る程、不確かな存在に思はれてならなかつた。それが今ある如くあらねばならぬ理由が何処にあるか？（中略）周囲の凡てに対し、三造は事毎にこの不信を感じてゐた。自分を取囲んでゐる・あらゆるものは、何と、必然性に欠けてゐることだらう。（一）

物事の必然性への懐疑であり、シェストフの言う「足場を失ふこと」――「涯のない何故」――とも通じる。『悲劇の哲学』から、該当する箇所を引用する。

（前略）あらゆる体系は形式的根拠から見れば、涯のない「何故」に対して、他の点では至つて気の利かない吾々の知性から極めて器用に考案された一の目標を据えることを意図してゐるとすれば、内部から見る時すべての哲学は、内容的には、私は繰返すが、假令無意識にであるとしても、疑ひなく自己弁護の目標を追ふてゐるのである。

（『悲劇の哲学』「序1」）

三造たちの求める「何故」も、これに近い。その状態から脱するために、様々な「説教を何度彼は自分に向つて言ひ聞かせ」、彼の「中にゐる貧弱な常識家」（一）を戒めるのだが、うまく行かない。結局、彼は次のように思う。

何より大事なことは、俺の性情にとつて、幾ら他人に嗤はれようと、斯うした一種の形而上学的といつていい様な不安が他のあらゆる問題に先行するといふ事実だ。こればかりは、どうにも仕方がない。この点に就いて釈然としない限り、俺にとつて、あらゆる人間界の現象は制限付きの意味しか有たないのだから。所で、これに就いて古来提出された幾多の解答は、結局この解疑が不可能だといふことを余りにも明らかに証明してゐる。（中略）女や酒に身を持ち崩す男があるやうに、形而上的貪欲のために身を亡ぼす男もあらうではないか。女に迷つて一生を棒にふる男と比べて数の上では比較にはなるまいが、認識論の入口で躓いて動きが取れなくなつて了ふ男も、確かにあるのだ。前者は欣んで文学の素材とされるのに、何故後者は文学に取上げられないのか。

（一）

形而上学的な不安が先行する自己の性情を自覚し、「形而上的貪欲のために身を亡ぼす男」を「文学に取上げ」

ようとする。（作家志望者として、そういう展開もあり得るだろう。）これは、『悲劇の哲学』中の次の文章に呼応する。

今日の世界観の要求することは異つた風に生を観ようといふ試みをなす者はみな、異常者の数に入れられることを予期することができ、又予期せねばならない。この「数に入れられること」はそれ自身恐らくさう悪いことではあるまい。それどころか勲章か賞状ぐらゐに見做されてもいゝかもしれない！ 恐しい事はたゞ、異つた世界了解が可能の範囲にあるといふ思想を長く担ひきる力を奮ひ起せる者は明かに一人も、実をいへば現在生きてゐる者の中にはたゞの一人もないといふ事である。（中略）それこそは悲劇の領域である。その地にゐた人間は別様に思考し、別様に感じ、別様に願望し始める。他の人々にとつては親愛で貴重であるすべてのものは、彼には余計で縁なきものと思はれる。（「序2」）

「異常者」・「悲劇の領域」、様々な思索の結果、三造は次のように覚悟を決める。

畢竟、俺は俺の愚かさに殉じる外に途は無いぢゃないか。凡てが言はれ、考へられた後に結局、人は己が性情の指さす所に従ふのだ。（一）

自分の愚かさに囚われ脱出できない主人公にとって、それは一つの道だが、実行しなければ意味はない。だが、彼は行動に出られようか。

彼は自己の愚かさ（性情）に殉じようとの心情を持ちつつも、「躓いて動きが取れなくなつて了ふ」（一）状態を続けるのではないか。確かに彼は、「何とかしなければならぬ。これではどうにも仕様がない。このまゝでは、生きながらの立消だ。」（「かめれおん日記」四）と自分を叱咤するが、作品の最終部を見る限り疑問である。「狼疾記」の最終場面では主人公は泥酔して無人の街を歩き、「かめれおん日記」の最終場面では外人墓地にたたずむ。前者で彼を慰めるのは酒であり、後者では主人公は外人墓地にたたずみ、死者たちの中で一時を過ごす。そこで描かれるのは、外人墓地の「死者達の哀しい執着が——『願望はあれど希望なき』彼等の吐息」（六）である。「願望はあれど希望なき」とは、死者たちと彼の状況を表していよう。彼は墓地を眺めながら、「一生の終りに臨んで必ず感じるであらう、自分の一生の時の短かさ、果敢なさの感じ」を持ち、「一年前が現在とまるで区別できないやうに思はれる今の感じが、死ぬ時のそれに似たものではないかと思」（六）っている。彼は「死」を想いつつ、その存在を感じながら、身近なものとして佇んでいる。

無人の街での泥酔した主人公の姿（「狼疾記」）と併せて、「過去帳」に死の雰囲気が濃い理由がここにある。

五

「過去帳」は厳密に言うと、作者・中島の物語ではない。中島をよく知る人間は、主人公たちを中島の分身と見なすだろうが、等身大の中島ではない。実際の中島の明るさや人付き合いの良さは、「過去帳」の主人公たちにはないものである。「過去帳」では、中島は自己の一面を拡大して表現した、と言うべきだろう。それが「過去帳」と作者を繋ぐものであり、この作品が書かれた理由ではないか。

「北方行」では当時の政治や社会情勢を背景に、恋愛や人生を描いた。「過去帳」では、「北方行」の主人公たちの一面を受け継ぎながら、「足場を失ふこと」と通じる「自分（世界）」とは何かという問いや、作家になりたい意欲、および自己の性情に殉じるとの覚悟を描き、「死」に近い生を小説化した。そこに何の意義や効果があるか。それは、大学卒業後の作家修業が彼に何をもたらしたか、という問いにも通じる。

「虎狩」「斗南先生」「北方行」など、いずれも「第一流の作品」ではない。何が不足しているのか。作者の才能、努力、時代への関与の不足か。中島なりの答えとして、詩人以前の李徴（「山月記」）に次のように語らせる。才能ではなく、努力だと。――「己よりも遙かに乏しい才能でありながら、それを専一に磨いたがために、堂々たる詩家となつた者が幾らでもゐるのだ。」――

　行動しない努力不足の自己を描くこと、そして負の心情の整理を試みること、それらが「過去帳」執筆の動機・意欲であり、目的ではなかったろうか。だが、それは深田久弥が喝破したように、「小説未生前の地下室の作業であって、独り歩き出来る完成した作品としては足りない[17]」。そこに描かれた心情は、中島にとって、「誰でも心のスミッコにフタをして置くべきゴミタメみたいなもんだ[18]」とも捉えられたろう。「過去帳」執筆後すぐの発表に、中島は自信を持てなかったのではないか。

　それでは、彼はどうすべきか。自分の生の記念碑たるべき作品を残さなければ、死んでも死にきれないとは、「光と風と夢」（十六）のスティヴンスンの言だが、同様に李徴も虎と化して袁傪に訴える。――「作の巧拙は知らず、とにかく、産を破り心を狂はせて迄自分が生涯それに執着した所のものを、一部なりとも後代に伝へないでは、死んでも死に切れないのだ。」――

　中島は虎と化した李徴とは違い、作品を書き続けることができる。生の証としての「小説」をめざし、次のステージへと進み出るために、彼は身を縮める必要がある。そのために、「過去帳」は書かれたとも言える。

注

（1）「過去帳」執筆時期は、昭和十四年作成の「ノート第九」に、「かめれおん日記」中の一文があることから、昭和十四年まで広げられる可能性がある。
（2）川村湊『狼疾正伝』（河出書房新社　平成二十一年六月）
（3）濱川勝彦『中島敦の作品研究』（明治書院　昭和五十一年九月）
（4）釘本久春「敦のこと」（『中島敦全集　別巻』筑摩書房　平成十四年五月）
（5）「習作」の章を参照されたい。
（6）似たような例として、南洋行中の妻宛の中島の書簡がある。死に瀕した時に書かれたもののいくつかを、後に中島は焼却している。
（7）鷺只雄『中島敦論――「狼疾」の方法――』（有精堂　平成二年五月）
（8）山下真史『中島敦とその時代』（双文社　平成二十一年十二月）
（9）『悲劇の哲学』に対して、多くの思想家や文学者が発言している。三木清もその一人である。彼の論文の中から、「過去帳」と関係の深い箇所を次に紹介する。

要するに、不安の哲学も不安の文学も、ヤスペルスの語を転用すると「限界状況」におかれた人間の表現であるといつて宜いであらう。なによりも客観的社会から孤立させられることによつて、人間はかくの如き主観的な限界状況に追ひやられる。世界はそこではその動かし難い客観性において認められない。しかも注意すべきことは、そのやうな哲学や文学において人間は「限界」にあるものによつて根源的に規定されてゐると見られたといふことである。かやうに限界にあるものは或る人にとつては「死」であり、他の人にとつては無意識のうちに乃至意識下においてはたらくリビド的なものであつた。

三木清「不安の思想とその超克」（『改造』昭和八年六月）

「過去帳」の三造に「リビド的なもの」や能動的なものはないが、彼は「客観的社会から孤立させられることによつて、人間はかくの如き主観的な限界状況に追ひやられ」ている。

（10）「不安の文学」について、小林秀雄が次のように批判している。
世の中が段々不安になり、暮し難くなると、病的な作品の傑作も沢山生れさうなものだが、事実はまるで反対である。外的な不安は、作家の内的なものを衰弱させてゐる。どうにもならない暗い絶望的な生活を、巨細に亘つて描写した小説が沢山現れるが、さういうものを読むとそれがよく解る。命がまるで凋んで了つてゐる。不安小説や絶望小説を幾つ読んでも、この作家は、心底に何か烈しい狂気を秘めてゐると感じさせる様なものには出会へない。「魂の悩みは骨も枯らす」といふ言はば不安文学の原理とでもいふべきものと、現代不安小説とは何んの関係もないので、精神の不安が凝つて文学となつた有様が見られるわけではなく、たゞ文学が出来上がらない不安が露骨なだけだ。つまり世相の不安を馬鹿みたいに反映させてゐるに過ぎない。（中略）
要するに、若い作家達が失つたものは腕ではない、精神力なのだ。腕の方は発達した。大正の作家より昭和の作家は、技術の上で非常な進歩をした。この技術の進歩の為に、観念であれ、心理であれ、風俗であれ、いよいよ多彩に描ける時になつたのだが、作家達は心の深さといふものを次第に見失つて来たのである。
「志賀直哉論」（『改造』昭和十三年二月）　引用は『新訂　小林秀雄全集第四巻』（新潮社　昭和五十三年八月）による。「心底に何か烈しい狂気を秘めてゐると感じさせる様なもの」は、「過去帳」にはないが、「『魂の悩みは骨も枯らす』といふ言はば不安文学の原理とでもいふべきもの」は少なからずある。両方を持つ可能性のあるのは、「わが西遊記」の悟浄や「山月記」の李徴であろう。彼らはそれほど追い詰められているし、反発の力も強い。
（11）本文の引用は、川上徹太郎・阿部六郎訳「悲劇の哲学」（創元社　昭和十四年十月）による。
（12）奥野政元氏の言うように、「『北方行』と『狼疾記』の違いは、作者の自己限定の強さの違いに最もよく表れてい」る。
奥野政元『中島敦論考』（桜楓社　昭和六十年四月）
（13）当時釘本氏は、彼が関係していた雑誌に何か原稿を寄せるように、中島を勧誘していた。それに対して、中島は「過去帳」の原稿を見せたようである。（中島宛・昭和十四年十月十二日、同年十月二十日などの書簡）
（14）釘本氏は昭和十二年から一年以上中国に出征し、昭和十三年七月に病気のため帰国し、年内は病院に入院していた。

その後、文部省の図書監修官となり、教育・研究に活躍する。後年、中島が南洋庁の編集書記官に就職したのも、彼の紹介による。

釘本氏については、島内景二氏の「中島敦『山月記伝説』の真実」（文春新書　平成二十一年十月）に詳しく述べられている。

（15）濱川勝彦氏は「『狼疾記』には、長短あわせて十二箇所にわたり『北方行』と同趣旨の部分がある。就中、『二』においては、ほとんど『北方行』の文章によって埋められている」と指摘する。

濱川勝彦『中島敦の作品研究』（明治書院　昭和五十一年九月）

（16）実際の中島の教養は、短歌の「遍歴」シリーズでの思想遍歴や、「悟浄出世」で戯画的に描かれる賢者たちの思想から考えても、かなりのものである。

（17）深田久弥「中島敦の作品」（『中島敦全集　別巻』筑摩書房　平成十四年五月）

（18）中島敦・妻宛書簡（昭和十六年九月十七日）

十四　「無題」と「断片十五」

一

「無題」は、中島の勤務先（横浜高等女学校）での出来事を基にした未定稿[1]（四百字詰め原稿用紙三十八枚）であり、その下書き（断片）として「断片十五」（四百字詰め原稿用紙五枚）がある。いずれも「ノーブル」原稿用紙（20字×20行）が使われている。[2]

「無題」（全六章）の内容を簡単に言うと、一章は、数学教師吉川の授業中での感慨や回想と、授業後の生徒との会話などである。二章は、国語教師中山のノートに書かれたアフォリズムをめぐるものであり、三章は作法教師村上への男性教師たちのたわいない批判、四章は吉川による中山への批判、五章は英語教師石田への批判と吉川の詰問である。最後の六章は、中山と吉川の科学をめぐる議論[3]である。

「無題」は昭和十三年執筆の「断片十七」[4]と同様、数学教師・吉川を主人公にしている。そして主人公の対比的存在として、国語教師・中山という（中島らしき）人物――「断片十七」ではN――が登場する。作者の試みとしては、他者（吉川）を主人公として作品世界を広げ[5]、吉川と中山の両存在によって、「文学」的なものと「科学」的なものとの比較をすることだったと考えられる。だが、前者はあまり成功していないし、後者についても効果的に描かれているとは言い難い。（六章での二人の議論は、後に紹介する。）

主人公の吉川は、横浜高等女学校の中島の同僚・吉村睦勝氏（昭和十一年五月〜十二年八月勤務）がモデルと思われる。吉村氏については、昭和十二年一月の中島の手帳に次のような文章がある。

「喜久ヤデ、吉村・岩田氏ト話ス／吉村氏ノ純粋サハ当世エガタキモノナリ。」(6)

この出来事が「断片十五」30を経て、「無題」中の一場面（五章）に使われたと想像される。手帳の記事や吉村氏の在職期間、および前出の原稿用紙と併せて考えると、「無題」と「断片十五」の執筆時期は、昭和十二年頃かと推測される。

次に、「断片十五」と「無題」の関係を簡単に説明すると、「断片十五」の原稿五枚には、それぞれに1、4、17、30、33という番号が付されていて、これらの番号は「無題」と照応していると推測される。即ち1と4は、「無題」二章の前半部分と関連し、17は一章三節のエピソードの下書きであり、30は五章後半の喫茶店の場面の一部の下書き、33は六章冒頭部分の下書きである。（「無題」の三章や四章に該当するものは残されていない。）

これら（「断片十五」1、4、17）から、「無題」は、元々は先に二章（1・4）があって、その後に一章（17）があった。その後、吉川の数学の授業風景が冒頭にきて、1・4が後にくるようになったと想像される。

また、1と4では「無題」の該当箇所との相違がかなりあるのに対して、17・30・33は「無題」の記述とほぼ同じである。つまり「無題」一章・五章・六章は、「断片十五」とそう変わらないのに対して、「無題」二章は、「断片十五」（1・4）段階からかなり変更されていったのではと推測される。

また、「断片十五」では、登場人物の人称が決まっておらず、吉川とY、中山とN、石田とIのように、両表記が混在している。これはモデルの実名から離れるためだろうが、「無題」では吉川・中山・石田と統一される。

次節以降、「無題」の特色を考察する。

二

まず一章から見ていく。

一章は三節に分かれ、一節は数学の授業中の吉川の感慨や回想が、二節は生徒（馬場）との角の三等分に関する会話が、三節はそれに対する教員たちの反応が描かれる。より詳しく言うと、一節では吉川と生徒たちの授業風景と、彼の女学生への思い――科学的見方の必要性――が語られる。初夏の季節で、学校以外の場所は明るいイメージなのに、数学の授業は冒頭から暗く紹介される。

数学の時間に、教室へはひらうとする女学生の多数は、教室の入口に、かつてダンテが地獄の門に見たといふ句「此処に入る者よ！　一切の望を捨てよ！　」を読むに違ひない。（一）

女子学生にとって、数学が苦手というのは現代でもそうかもしれないが、この描写は戯画的であり書き過ぎである。他にも女性（女生徒）蔑視の表現が少なからずあり、その点も作品の未発表の理由かもしれない。続いて、数学の授業風景が描かれる。

数学の教師、吉川は、先づ「宿題の出来た人？」と聞き、何時も、きまつて手を挙げる五六人の中の一人に命じて、黒板に其の証明を書かせることにし、自分は教卓を離れて窓際に歩んだ

窓からは港の一部が見える。近くの丘のポプラの葉がチカチカ光りながら、こまかく翻り、その上の空は、

健やかな明るい青さである。このやうな美しい日に、伸び盛りの少女を教室に閉じこめて、ピタゴラスやトレミイの定理で苦しめることの意味を、吉川は改めて考へて見ない訳には行かなかつた。

去年、女学校に勤めるやうになつた初めの頃、彼はしきりに「科学的な物の見方を女学生に訓練する必要」を説いたものであつた。女生《ママ》を教へて見て、その、非論理的な、不正確極まる思考方法（もし、それが思考と呼べるならば、だが）に接すれば接する程、吉川は、科学的頭脳の訓練が女子に必要であることを痛感し、そして、そのことを職員室で力説したのである。　（一）

吉川は、数学的教養を女生徒たちに付けようと苦闘するが[7]、彼の意気込みと女生徒たちとの間にズレがある[8]。だが「女生《ママ》を教へて見て、その、非論理的な、不正確極まる思考方法（もし、それが思考と呼べるならば、だが）に接すれば接する程」などは、現代では問題表現になろう。

今、定規とコンパスをいぢりながら、しかめ面をしてノートに向つてゐる少女達を横合から眺めて、吉川は之を、校外写生だの遠足だの、学芸会の劇だの、さうした時の彼女達の溌剌たる有様と比べて見た。そして、青空と太陽の下にさへ出してやれば、忽ち生気を吹返すに違ひない少女達を、かうして、灰色の定理と共に檻禁することに、幾分、罪悪の匂さへ感じようとした。　（一）

吉川は数学を教えることに、罪悪感を持つ。対して、実際の吉村氏は同僚の山口比男氏の回想によると、「比較的長身で、顔は面長、鼻は高い方で、柔しい瞳が誰に対しても明るく、心の窓を開いているように思われた。」また、「親切でおもしろく、生徒達には抜群の人気があ」り、「当時の若く意欲的な教師陣は、教師としての使命に燃え、それぞれに熱心な授業を行っていた。[9]」とある。吉川が罪悪感を持って授業をしたなどは、誇張であろう。

三

続いて、吉川のシニカルな見解が語られる。

「併し」と彼は又思ひ返す。甘い同情は禁物である。教師に少し手酷く叱られると、女学生は世にも哀しげに泣く。馴れない若い男の教師は、この思ひがけない涙に出遭ふと、忽ち狼狽して、窮命《ママ》しようとする意志を失ふ。彼は、一分後に職員室から出た、その生徒が、最早、何故自分が叱られたか、などといふ事はすっかり忘れて了つて、ただ自分を叱つた先生は意地悪だ、としか考へない。（一）

このように女学生の表裏ある姿が描かれるが、これは女学生全体に当てはまるものではなく、偏った見方[10]であると言わざるを得ない。

吉川以上に、同僚の中山は女学生（女性）を蔑視している。例えば、「中山が何時も引用する（人形の中身は銀屑《おがくず》だが、それでも美しい玩具だ）」（二）や、次のような文章はその典型である。（文中の猫は女性をさす。）

再び、中山の言を用ひれば、猫に猟犬の訓練を施しても無駄だといふことになる。それは、猫でもない、犬でもない、怪物を作り上げるだけだ。猫は、やはり炬燵の上で喉咽を鳴らさせ、その毛並の美しさを愛撫し、その特性たる、多分の嬌態と、若干の奸譎とを併せ賞でるべきであらう、といふのが中山の説である。（一）

さすがにここまでくると吉川には異議がある。彼は「個々の女学生の、個々の行為に伴ふ愚劣さから、直ちに、女性一般への品騭を帰納して貰ひ度くない、といつた或る漠とした気持」（二一）を持つ。このあたりのやりとりは、六章の二人の議論と同様誇張的であり、雰囲気として「悟浄歎異」の諸賢人の言説と悟浄の対応を連想させる。吉川は中山に反発する。

自分と同年ではあつても、自分と違つて既に妻帯者でありながら、どうして、あんな風にうすつぺらであり得るのか？　妻帯すると、自然に、あんな風に、女性に就いて歪んだ見方をするやうになるのだらうか？　それとも、又、ひがんで考へれば、その妻を愛してゐながら、尚且つ、自分は、女性に対して此のやうな見方も出来るんだぞ、と、独身者にひけらかしてゐるやうにも取れないことはない。いつか、四五人集まって、フランス語の輪講をやらうとした時、テキストを何にするかといふ問題が起つた。其の時、中山は「テキストなんて何だつて、おんなじだよ。どんな面白い読物だつて教科書にしちまへば詰まらなくなるんだ。どんな優れた婦人だつて、女房にしちまへば、下らぬ女になるのと同じさ」と、此の警句を吐く機会をとらへ得たことが如何にも嬉しくて堪らないといつた風にニヤニヤ笑ひながら言つてのけた。得意げな、気障つぽく歪められた、其の笑ひを、吉川は殆ど卑しいものに感じたのであつた。（二一）

吉川は中山の卑俗性を指摘する。これでは仮に中山が中島と見なされると、中島自身耐えられないのではないか。「過去帳」では三造の戯画化はあっても、彼が苦しむのは形而上的悩みや生命力の不充足である。中山のような「うすつぺら」さや「得意げな、気障つぽく歪められた、其の笑ひ」、そして「卑しいもの」などは、中島自身が嫌悪するものである。

こういった欠点の指摘の後で、吉川は中山の美点を次のように言う。

たゞ中山にとるべきは、そのディスインタレステッドネスでもあらうか。事実、中山には、純粋に、超利害的に、美や学問や、抽象的な理論に熱中できる性質があるやうに思はれた。これが、吉川に、中山を、そのあらゆる欠点にも拘はらず、友人として択ばせたものに違ひない。（四）

つまり、中山の美点――ディスインタレステッドネス（公平無私）――が、二人を結ぶ絆だと言うのだが、それまでに大きなマイナス面の指摘がある以上、美や学問に公平無私だと言ってもあまり有効ではない。

同様に、三章の男性教師たちの女教師批判や吉川たちの石田批判（五章）も、当時の女学校の様子をうまく描いているにしても、読者に考えさせたり感動を呼ぶようなものではない。

四

次に、六章での中山と吉川の議論について考える。

中山は科学が現象の法則は説明しても、「世界の本質には触れ得ない」と言う。そして、芸術は「それに近いものを僕達に示しては呉れる」と言い、「世界は考へられる為に存在はしない」とする。対して、吉川は次のように反駁する。

人間の思考なんて畢竟意味のないものだ。我々は事物の本質に就いて何物をも知ることは出来ない。そして永久に知ることはないであらう。（中略）成程、事実、その通りかも知れない。併し、それはそれ、これはこれ、である。科学はさういう究極的な制限を受けてゐるにせよ、いや、自然が、そのやうな不可解な豊饒さを有《も》つてゐるからこそ、なほさら、科学それ自身の存在理由を―又、その美しさを有つのではないか。第一、中山の、よく口にする、「美」とは何であるか？　薔薇の花とか、少女の肢体とか、スプリング・ソングとか、花火とか、さうした華やかな、繊細な、又、仮象的なものの美しさしか、中山は知らないのだらうか？　思考それ自身にある、澄明な、静謐な美、整然たる理論体系の有つ、水晶宮の如き透徹した美しさ、それを中山が知らない訳はないと思はれるのに。兎に角、吉川は、此の、整然と（殆ど理性的に、といつていい位に）完成されてゐる世界の美しさを、たゞ漠然とした感性だけで受用しようとする態度には、抗議せずにゐられない。（六）

吉川の存在や思考が作品に幅をもたらしているのは事実だが、論争は中途半端に終わる。二人の会話はかみ合わず、「まさしく　これは　ソクラテスと詭弁派との『対話』」とされ[11]、続いて中山の「現実逃避法[12]」が紹介される。そして、吉川の「いや、第一、中山の出任せな奇説に対して、生真面目に考へようとすること自体が、滑稽なのかも知れぬ。」との自嘲的言辞で、作品は閉じられる。

中島の分身らしき中山が主人公（吉川）に批判され、吉川も色々と考えていくが、二人の違いが平行であり、両者が止揚されることもない。

また、作中の出来事は高等女学校の同僚（教師）間のものであり、日常の小さな軋轢[13]や不満はあるにしても、それはコップの中の争いであり、彼らは生活に安住している。そこには戦時下の厳しい現実も尖鋭な思想的対立もない。やはり、普通の人物を主人公にした場合、見るべき事件や彼らのエネルギーが強くないと、作品世界は深まらない。

「無題」執筆は、中島にとって作家修行の一つだろうが、学校生活の出来事には読者を感動させるものはあまりないし、あったとしても生徒に関することは教師として書きにくい。（現役の教師である中島にとって、女学校で起こる出来事はよほど虚構化しないと発表しにくいだろう。）

因みに、「過去帳」の発表は昭和十七年であり、書かれたことは既に過去の出来事であり、そこでは個々の生徒（固有名詞の生徒）は登場しないし、登場する同僚はかなりデフォルメされている。対して個々の生徒が登場する「無題」や「断片十七」は、そのままでは構想を膨らませることも発表も難事である。

以上のように、「過去帳」と似たような場や設定であっても、「無題」の執筆・発表には難点が多い。やはり平凡な素材を感動的なものに持っていくのも難しいし、素材そのままでは作品は発表しにくい。その結果、「無題」はそのまま放置されたのだろう。

やがて彼は、イギリスの作家・スティブンスンや「西遊記」の悟浄を再発見し、その世界に着目し、彼我との共通性に惹かれる。つまり、日常的世界から離れ非日常的な別世界を得て、その虚構世界の枠組み（原典）に、自己を投影・投入し生動させようとする。

中島が虚構世界を得て、「己れ」につながる主人公を造型しようと試み始めていくのも、自然なことかもしれない。

注

（1）「無題」が発表されなかった理由は、後述しているように、内容が学校での教師生活の出来事を描いていて、登場人物の正体が簡単に推測されることと、描かれたことが「物語」にまで至っていないという自覚によろう。

（2）同種の原稿を使用した作品としては、「北方行」や「プウルの傍で」がある。

（3）吉川のモデルであろう吉村睦勝氏と中島の山手の散歩や議論などは、氏の回想によると、次のようなものだったらしい。

また天気さえよければ毎日のように学校の昼休みに殊に午後の授業のないときはよく海岸通りや山手の散歩を一緒に楽しんだ。彼が当時何を勉強していたのか、何を読んでいたのか、私は聞きもせず、彼も私に何も言いませんでした。彼の宅へ行っても散歩中も何もお互いに話ししなかったことが多かったのかもしれません。

（『写真資料　中島敦』創林社　昭和五十六年十二月）

が、時には、「無題」六章のような議論があったのではないか。五章の石田と吉川の喫茶店の場面を見ても、中島と同僚たちの雰囲気が分かる。

（4）「断片十七」は「無題」と同様、中島の勤務先での出来事を基にしている。そこでも吉川が主人公である。次章「断片十七と十八」を参照されたい。

（5）これは小説としては普通の方法だが、「過去帳」執筆と同時期に、主人公を他の人物にしたことは注目される。しかしそれでも、中島は自分の知った人物を主人公にしたり、登場させている。

（6）喜久屋。横浜の有名な喫茶店。中島は同僚たちと訪れていた。

（7）理学者で科学的タイプとされている吉川が、次のように職員室で力説している。

吉川は、科学的頭脳の訓練が女子に必要であることを痛感し、そして、そのことを職員室で力説したのである。日本婦人の現在の社会的地位も此の訓練が欠けている以上、当然だと迠言ひ、あとで教頭に「女の先生の前で、あんな事は言はない方がいいですよ」と注意されたこともある。

（一章）

（8）女性徒の知的レベルに関係するものを、吉村氏の回想から紹介する。（文中の「彼」は中島である。）

あるとき彼はテストをして「方解石と蒋介石」、「アスパラガスとピタゴラス」……といった問題を出して、蒋介石が鉱物名で、ピタゴラスが野菜名の答案のことを私に話し、「小夜福子など出すと、それは書くわ、書くわ、答案用紙にはみ出る位書くよ。このような生徒に君は一生懸命数学を教えているのだからね。」と笑ったこともあった。

だが、そうでない場合もあったようだ。

「授業のとき話のついでに批判哲学のことを話したとき、これは一寸むつかしいかもしれないがと前置きしたら、あとである機会にある生徒に『先生。あんな前置きはやめてほしい。』と言われて一本参ったよ。女学生だと思ってあまり馬鹿にしてはいかんね。」と言ったこともあった。

（『写真資料　中島敦』創林社　昭和五十六年十二月）

（9）「無題」五章で、吉川に非難される石田（同僚の岩田一男氏がモデル）の授業は、「中でも岩田一男の時間中一切日本語の使用を許さない英語の授業」であったようだ。山口比男『汐汲坂――中島敦との六年――』（えつ出版　平成五年五月）

（10）これが、実際の吉山氏のものかどうかは疑問である。多分、後出の中山の造型に引きずられたのではないか。

（11）似たような「対話」は「北方行」（第五編）において、三造と伝吉の間で行われるが、吉川のように数学者的立場からの発言ではない。

（12）同様な「現実逃避法」が、「北方行」の麗美――伝吉の恋愛相手――のものとして、次のように語られる。
生得、彼女は、自分の意識に対しては完全な魔術師であつた。彼女は、自分の思出したくないものは完全に忘れさせる技術を心得てゐた。「意識されないものは、存在しない。」この便利なデカルト的事実を、巧みに――が、勿論自分では殆ど意識せずに、彼女は利用して、自分の安静に役立てた。

（「北方行」第二編）

（13）その典型例が、五章の喫茶店の場面である。だが、中島の同僚たちも、やがて一人一人、転勤・退職していく。吉村睦勝氏は昭和十二年に、岩田一男氏と飯塚充昭氏（理科教師）は昭和十三年に、安田秀文氏（「かめれおん日記」の吉田のモデル）は昭和十四年に横浜高等女学校を離れていく。その結果、中島は孤独と焦燥を感じただろうし、病気の悪化や戦争の影とともに、中島を苦しめていく。

十五　「断片十七」と「断片十八」

一

「断片十七」と「断片十八」は、「無題」と同様、中島が勤務先（横浜高等女学校）での出来事を基に執筆したものである。「断片十七」は四百字詰原稿用紙に換算して、およそ十八枚程度の下書きレベルのものであり、「断片十八」は「断片十七」の一部のバリエーション（四百字詰原稿用紙で約三枚程度）である。

「断片十七」は、勤務校の試験（昭和十三年二月二十五日実施）の答案用紙の裏とざら紙に書かれていて、昭和十三年二月以降の執筆であることが分かる。しかも、この作品の素材と推測される出来事が起きたのは、中島の手帳の記事によれば昭和十二年四月八日および十日である。（つまり、十ヶ月以上たってからの執筆である。）

「断片十七」の内容を簡略に言うと、女学校の教師Yがかつてのクラスの一員であった卒業生Tに、結婚話や複雑な家庭環境について相談され、色々とアドバイスし、その後、自己の言説を反省するというものである。

モデルが卒業生であり、かつ結婚話であることから、登場人物・日時・内容ともに虚構化している。その後、内容を膨らませることも発表も難しいためか、書き続けることも発表することもなかった。が、「断片十七」は創作の舞台裏を見せるものであり、同じ女学校生活を基にした「過去帳」や「無題」を受け継ぎ、「光と風と夢」や「わが西遊記」の前に位置する作品である。

二

それではどのような出来事から、中島は創作を試みようとしたのか。昭和十二年四月の彼の手帳に、次のような記事が記載されている。

四月8日（木）始業式、貞ちゃん帰る、
雑誌写真部飯塚氏送別会、会後、朝長より話を聞く。むづかしい問題なり、如何にすべきや？
とにかく不都合なる家庭なり。彼女が年齢の割に理性的なるに驚く。
10日（土）一昨日の問題につき考慮せる所を朝長に話す
とにかく二三年待つて貰ふ外に途なきに非ずや云々、
久留米つゝじ五本60銭

「断片十七」と関係しているのは、「朝長」についての記事である。「朝長」とは、同年三月に卒業した卒業生・朝長純子氏と推測される。彼女は学校の雑誌部に所属しており、雑誌部委員の中島にとっては親しい生徒の一人だった。だが、このメモでは「朝長」が家庭に関係する難問を中島に相談し[(1)]、二日後の十日に、中島が「とにかく二三年待つて貰ふ外に途なきに非ずや」云々とアドバイスしたとしか分からない。これらが、「断片十七・十八」で、より詳細な内容になっていく。

時間順に言えば、手帳の記事（昭和十二年四月）があり、続いて「断片十八」、次に「断片十七」（昭和十三年二月以降）となる。

「断片十八」は、「断片十七」よりも素材レベルのものであり[2]、次のような片仮名交じりの文章から始まる。


〔この手紙への返辞を書かうとして、〕[3]気軽に万年ヒツヲ取上ゲタ吉川ハ、ソコデハジメテコノ問題ニ対スル解答ガサウタヤスイモノデナイコトニ気附イタ、

この一文と手帳の記事が違う点は、主人公が数学教師の「吉川」に変更され、かつ教え子からの最初の相談が手紙だということである。（そして後の文章で、「朝長」が「友田」に変更される。）

前者について言えば、中島から吉川への変更は「無題」と同じように、作者離れや作品世界の広がりを狙ったものであり、同様に朝長の名前の変更も当然であろう。だが、彼女をよく知った中島から吉川への変更は、吉川が彼女をよく知らないための不具合を生じさせる。が、彼女をよく知らないことにより、彼女の美しさの実感の強調が可能となる。

後者の場合、手紙ではなく二日に渡る相談（アドバイス）とすると、時間的に長すぎて作品が弛緩してしまうとの判断からかもしれない。実際の場合には、四月八日は学校の始業式や送別会の後で、相談のための時間が取れなかったろうし、また教え子の難問（結婚問題か）に対して中島が即答できず、時間をかけて考えたかったのかもしれない[4]。

また、吉川の続いての気付き（「断片十八」）――「友田はこの二つの後の者（藤村注　結婚への意志）に、何等言及してゐないことに気がついたからである。〔だから〕彼はまづ、その結婚問題について彼女自身の意志ヲタヾサネバナラヌト考ヘタ、」――にあるように、八日には彼女の結婚への意志確認をしていなかったのかもしれない。

その後、吉川の自己反省や疑問――「チエとは何ダ。」など――が描かれる。代表的なものを次に引用するが、引用文中の「中山」は「無題」にも登場していて、中島を連想させる。

中山のいふやうに幸福とは欲望の対象の獲得にはなくて、その追求それ自身の中にあるのか?

幸［福］とは、不幸をなくすこと（それは不可能［だから、］）ではなく、その［不幸の］所在を忘れることか?

これらの記述は話の展開の面で唐突の感があり、「断片十七」では削除される。

また「断片十八」では相談者（教え子）の描写がほとんどなく、手帳にあった「彼女が年齢の割に理性的なるに驚く」という点も描かれておらず、引用したような吉川の観念的思考の描写が目に付く。ただし、「断片十八」末尾の一文――「（公園散歩の効果）について、」――に、実際の印象（理性的）とともに、教え子の別の一面（若い女性としての美しさ）のクローズアップが意図されていたのだろう。

三

「断片十七」では「断片十八」の内容を膨らませ、種々の変更が加えられる。まず登場人物の人称が吉川や友田からYやTとなり、場面が五月某日の午後になる。人称の変更は教え子の結婚問題だけに、友長を連想させる友田をやめて、Tというイニシャルにしたのだろうし、日時の変更は、雰囲気を引き締めるために手紙の返事という設定（「断片十八」）から、一日の出会いにまとめ、Tの「青春の熱情」と合わせるように四月から五月にしたのだろう。

場所も「断片十七」では、勤務校の近くの山下公園が主舞台となる。結婚問題を話すのだから、公園よりも「喜久屋[5]」のような喫茶店の方がふさわしいが、相談者と被相談者との関係の変更――親しい先生と卒業生から、それほど親しくはない元担任とクラスの一員という関係――のため、無難な公園にしたのだろう。

また、相談時間を縮小したため、中島の「むづかしい問題なり、」という感想が、相談後のYの自分の話したことの「無意味さ」への反省や、「非常識なこと」を話したのではないかという不安へ広げられ、結果としてYの誠実に悩む姿が描かれることになる。

「断片十七」は、卒業生Tからの突然の電話から始まる。

「Y先生お電話ですが」と事務所から呼びに来た。
「誰から?」
「Tとか、卒業生でせう」
電話口へ出て見るとやはり卒業生のTだつた。（1[6]）

電話で彼女は遠慮がちにだが、「是非、先生に御相談申上げたいことがある」と、会うことを強く求める。Yは学校でと提案するが断られ、「Yは頗る不審に思つた」が、外で会うことにする。

続いて、YとTについて簡単な紹介（Y―去年の四月転勤してきて独身の教師、T―美少女で成績も良いが「傲り」に似た冷たさがある卒業生）があり、二人の関係（元担任とクラスの一員だが、彼女が在学中、「相談をもちかけるやうなことは殆どなかつた」）が説明される。

Yは T と会い、彼女の「余りにも華やかな」姿に驚く。

今迄、校服を着けた姿しか知らないYは、今自分の眼の前に、「派手な和服に身を包んだ、美しい」（教へ子ではなく）一人の女として立つてゐるTを見出して、何かなしに（満開の牡丹の花の前にゐるやうな）圧倒される「やうな、ドギマギするやうな」思ひだつた。[7]　（2〜3）

Tは「（満開の牡丹の花の前にゐるやうな）圧倒される「やうな、ドギマギするやうな」思ひ」をYに与えながら、自分の家族と結婚問題について語る。それが、「断片十七」（全部で15ページ　12ウと13を一ページと換算）の3〜11ページに渡って展開される。（ただし、9ページと10ページは前後の文章がうまく接続していない。[8]何らかの断絶があるらしい。）

Tは、家族の自己中心的な対応として「母親の冷たさを嘆いた時」に、「女らしいたよりなさの表情」を見せるが、Yは「両親と祖父母との板挿みになつた」彼女の「冷静さ」に感心する。（この点は、手帳の記事「彼女が年齢の割に理性的なるに驚く」と照応する。）

だが、「はじめはTの「はなやかな」美しさにけをされるやうに感じ、すれ違ふ人達の穿鑿的な目付「視線」を必要以上に意識して、顔を赤めがちだつた」Yも、「数学教師の職業的態度を以つて「この問題を」考へはじめ」、「Tが、最も大切な点については、（恐らくは故意に）未だ語つてゐないことに気がつ」く。

彼はTに、相手のOとの結婚の意思を尋ね、彼女の「したいです」の答を聞き、即座に「それなら、もう問題はないぢやないの」と言う。（この直後に併記されるが、Yは「ひどく軽率な言葉を吐いたやうに感じ」とある。）それに対してTは反問する。

「問題はないでせうか？　本当に？」大きく澄んだ眼が、明るくまともに彼を見上げる。一瞬の後、Yは眩しさにたへぬもののやうに眼を外らし、芝生の向ふの海を眺めた。いつの間にか山下公園に来てゐたのである。

Yは Tの「大きく澄んだ眼」に、「眩しさにたへぬもののやうに眼を外ら」し、動揺する。この彼女の問いは、Yの「ひどく軽率な言葉」と対比されるところであり、彼女が世間知らずの少女ではなく、分別と情熱を持っている女性のように描かれる。（7）

四

次の8・9ページで、Tは結婚相手のOの学歴（中学校卒業）や、経済的ハンディを話題にする。Yはそこに「不愉快なものを感じ」、反発する。学歴は「第二第三の問題」であり、「そんなことを気に病むこと」は「純粋でない」と言う。TはOとの結婚によって、父からの経済的援助のストップを恐れていたのである。Yは、「この贅沢に慣れた少女が、将来の貧しい生活に堪へることが出来ようなどとは頗る疑問だと思」っているにも拘わらず、Tの「青春の熱情を心よく思つた」。

続いて、Tの女性としての青春（肉体）の美しさが描かれる。

暖い五月の午後の陽のせゐもあらうが、ポツと薔薇色に上気した彼女の頬を「見ながら、」「モハヤ」先刻のやうに圧倒されるやうな感じを受けずに、美しく豊かなものにふれる思ひであつた。（9）

ここは12ページでも描かれるが、「（公園散歩の効果）」（「断片十八」末尾）の場面であろう。そしてTの「美しく豊かなもの」に触発され、Yは「重大なことを今迄忘れてゐたやうに思つて」、Tに次のようにも言う。

それから、も一つ、これは君のために大事なことがあると思ふね。つまり、あまり若くて結婚するといふことが、何だか君のために気の毒みたいな気がするんだがね、別に結婚しないで、青春を享楽した方がいゝ、などといふ意味ぢゃないんだけどね。（9）

これでは、決断を急ぐ結婚問題へのアドバイスとしてはずれてしまうし、彼女と別れた後、Yは、「危険な精神主義を（たとへば、経済的条件への顧慮を卑しいと考へるが如き）吹こみはしなかつた、か」と反省することになる。続いて10ページから2ページ分、二人の会話が続くが、それらは結婚に対して「問題ない」というYの見解と、Tの両親と祖父との対立や頼りにならない親類に関するものである。

Yは Tに結婚の意志を確認した上で、「君の向ふべき方向については、もう問題はない」と言う。このあたりも、後に「自分の無経験未熟さが、とんでもない薄つぺらな考へを少女の頭に吹込みはしなかったらうと、（それが）急に心配になつて来た」と関連している。

だが、「方法や手段については大いに問題はありさう」（10ページ）と言うように、実際どうするかはYにも分からない。誰か頼りになる親類はいないかとの問いに、Tは親を含めて親類たちの身勝手さを語る。

暫くの沈黙の後、Yは次のように思う。（ここから12ページ）

しかし結局之はYにとつて直接に、（どういふ風にすべきかといふ）行動の指針を与へる［示す］ことの出来る問題ではなかつた。たゞ、どのやうな事態になつても、正しい方向を見失はないだけの勇気をつけてやるだ

けが、自分に要求されてゐることだと思つた。(12)

続いてYは、Tの心情を次のように推測する。

Tとしてもたゞ一人きりで悩んでゐるのにたへかねて、慰められ、勇気を与へられようとして、Yを選んだにすぎまい。別にYの如き青二才に口を利いて貰ふことの出来る話でもなし、又、自分のOをえらびたいと思つてゐる気持を旧師によつて是認して貰へれば、そして母のOに対する不信頼を打消して貰へれば、それで足りたのであらう。(12)

Tの心情の推測として不自然ではなく、続いて「公園の効果」が再度描かれる。(12・13ページ)

Tは「Yの慰めや激励」よりも、「海・空・公園・五月の空気」などに、「鬱屈した気持をほぐ」され、「眼の前の憂うつな問題」から離れて、「学校時代の友人や先生の誰彼について話しはじめ」、生き生きとなる。その結果、「Yははじめてほんたうに今日Tを見たやうに思つた。事実、彼が主任をしてゐた丸一年間に於けるよりも、ずつと多く、その午後、二人は話をしたのであつた。」

前出のTの「はなやかな美しさ」や「美しく豊かなもの」と同様、Tの美しさや若さの描写である。それもあってTは、「何かばく然と明るいものを抱いてゐるやうに見え」、Yは自分を「良き相談者であつた」と感じる。つまり、若い教師Yは若い女性Tの相談に乗り、彼女の美しさに心を動かし、自分のアドバイスが彼女のためになったと満足したのである。

五

だが、彼女と別れた後、Yは自分の話したことの「無意味さに驚」く。

彼のいつたことは、少女に珍しく、冷静な彼女に、［もう］とつくに解り切つてゐたに違ひない、きまりきつた事ばかりでないか。（13）

確かに、「Tとしてもたゞ一人きりで悩んでゐるのにたへかねて、慰められ、勇気を与へられようとして、Yを選んだにすぎ」ないのだろうが、なぜ他の教師ではなく自分が相談相手に選ばれたのか、彼は不思議に思う。

たゞ、前の主任だつたといふだけの理由で、Tは何といふ、不適当な人間を選んだものだらう。世故に通じない、非現実的の、若い、おまけに独身の自分に、かういふ相談をもちかけるとは。（13）

相談相手を中島からY（吉川）に変更したために、こうした不具合が生じる。Y自身思うように、「妻帯者のNならば、まだしも実際的な智慧を与へる［ことができる］かもしれない」し、「余りにもリアリストであるY2こそは更に、より良き（従つて、よりvulgarではあるかもしれぬが）助言を与へ得る」のであろう。

しかし、この主人公の変更は、「vulgar」の対極にあるYの「sincerity」――「彼は、自分が秘かに、（誰にもしやべりはしないが）胸中に恃む所の只一つのものsincerity」（14）――を引き出す。つまり、Yの誠実さがTを相談させた所以のものであるとし、それがYを主人公とした理由となる。

中島は「無題」と同様、吉川（Y）を主人公とするが、彼の美点は「純粋さ・誠実さ」であり、モデルの吉村睦勝氏は中島から、その純粋さを高く評価されていた。(9) この「純粋さ」は注目されていい。(10)逆に、Yは自分に欠けているものとして「智慧」を挙げ、次のように反省する。

「智慧とは」と更に彼は思ふ。「かうした実際的な、重大な問題について直ちに明快な、現実的な、人間的な、（といふことは、常に美しさと豊かさを失はない）判断を下し得る能力ではないのか、（そして、如何にその能力が自分に欠けてゐることか。）定理や公式の適用による理論的解決の下らない安易さ。現実の無限のヴァライエティの一つ一つに豊かな智恵を以て対処して行くことのむづかしさ。バスカルやポアンカレエによつて養はれたと信じてゐた自分の、［余りにも概念的な、］cultureとsincerityの何といふ貧しさ、無能さ！　(14)

彼の反省は真摯なものであるが、彼の若さを思うと反省しすぎの感がある。(11)Tの持つ「美しく豊かなもの」への感嘆と、智慧が美しさと豊かさを伴う判断を下すという点は、中島の「審美的倫理観」と関係していよう。

六

それではこの時期、中島は「女学生」をどう描いているか。「無題」中の中山のシニカルな見解は別として、「狼疾記」の三造の感想として、次のようなものがある。

職業からいへば、一週二日出勤の・女学校の博物の講師。授業に余り熱心でもなく、さりとて、特に怠惰といふ訳でもない。教へることよりも、少女達に接して、之に「心優しき軽蔑」を感じることに興味をもち、さうして秘かにスピノザに倣つて、女学生の性行に就いての犬儒的な定理とその系とを集めた幾何学書を作らうか、などと考へてゐる。（中略）結局、学校へ出る二日は自分の生活の中で余り重要なものでないと、此の男は思ひ込みたがつてゐるのだが、この頃では、それが仲々さうではなく、時として、学校が、といふよりも、少女達が、自分の生活の中にかなり大きい場所を占めてゐるらしいことに気付いて愕然とすることがある。（二）

　ぼやけた彼の意識の隅に、しかし、明日出勤する学校の少女達の雰囲気が、それだけが彼の仮死的な生活の中で、唯一の生きたものであるかのやうに、明るく浮上つて来た。一人一人に見れば、醜くもあり卑しくもあり愚かでもある少女達が自分の生活の中で触れ得る唯一の生きた存在なのか？　豊かであるやうにと予定した筈の日々が何と乏しく虚しいことか。（二）

鼻持のならない気取屋のくせに、その上、お前はきたならしい助平野郎でさへあるぢやないか。知つてるぞ。何時だつたか、海岸公園へ生徒を二人連れて遊びに行つた時のことを。その時お前達が芝生で腰を下して休んでゐたら、やはり近くで休んでゐた労働者風の男が二・三人、明らかに故意と聞こえるやうな声で猥らな話を交してゐたらう。その時の・お前の態度や目付はどうだつた！　当惑し切つて、よそを向いて聞かないふりをしてゐる―しかし、どうしてもそれを聞かない訳には行かない少女達の方を、お前は、又、何といふいやらしい目付で（おまけに横目で）ヂロ〳〵見回したことだ！　いやはや。（五）

女学生たちは三造に軽蔑されながらも、「仮死的な生活の中」で「唯一の生きた存在」として受け止められている。

もちろん、三造と中島は違うが、中島が病気で弱った時などには、前二者の如き心情が生じたかもしれないし、三番目のものは誇張としても、彼にもそういう面があったろう。

「断片十七」で、女性に対しても純粋な吉川を主人公とする理由の一つは、こういった「過去帳」の三造や「無題」の中山から離れるため、つまり、自分の中にある不純さ、そして「狼疾」的描写からの脱却のためではないか。吉川によって、「過去帳」や「無題」にある差別的な女性観は排除され、生動しなかった女性が、「断片十七」では少しだが生き生きと描かれる。（もっとも、良く生きようとする女性（T）と、主人公（Y）との関係性は強くない。）

前述したように、「無題」は昭和十二年頃の、「断片十七」は昭和十三年以降の執筆と推測される。そして、「過去帳」の大部分が昭和十二年までに出来上がっているとすれば、三造の女性批判を経て、（同時期かもしれないが）、「無題」の吉川の中山批判（差別的な女性観の批判）があり、その延長線上に、Tの「美しさ・豊かさ」の描写（「断片十七」）がある。つまり、中島は「狼疾記」で屈折した女性観を、そして「無題」で女性蔑視への批判を描き、「断片十七」で女性の「美しさ・豊かさ」を描いた。

より対象を拡げて言えば、「北方行」での三造の女性蔑視や幻滅を、「過去帳」の三造は受け継いでいるが、主人公（視点）の変更――三造・中島から吉川・吉村――により、「三造」のような存在は批判の対象となり、女性の「美しさ・豊かさ」が描かれる。

その後、「断片十七」の吉川のごとき存在（純粋さを持つ人間）は形を換えて、スティブンスン（「光と風と夢」）のような、創作に一途な作家となったのではないか。だがその時でさえ、スティブンスンが妄想するもう一人の自分――「ひどい肺病やみで、気ばかり強く、鼻持ならない自惚やで、気障な見栄坊で、才能もないくせに一ぱしの芸術家を気取り、弱い身体を酷使しては、スタイルばかりで内容の無い駄作を書きまくり、実生活に於ては、其の子供つぽい気取のため事毎に人々の嘲笑を買ひ、家庭の中では年上の妻のために絶えず圧迫を受け、結局は、南海の果で、泣き度い程北方の故郷を思ひながら、惨めに死んで行く。」（十九章）――が描かれ、「山月記」の場合でも「臆病な自尊心」に憑かれる詩人（李徴）を造型して、負の人物像が描かれる。この負の人間が、中島の中の弱い「人間」と通底していよう。

そして、「断片十七」に描かれた女性の美しさや豊かさは、その後の作品には登場しない。代わって指導者としての男性（三蔵法師や孔子たち）が描かれ、語り手は悟浄や子路に寄り添い、三蔵法師や孔子たちを仰ぎ見る。観音菩薩や三蔵法師・孔子たちが救済者として描かれる。[12]

中島は古典（歴史）の中から、指導者（救済者）と求道者（被救済者）を造型し、彼らの没利害性（純粋さ）による行動や主張で、作品世界を彩るようになる。ここには戦時下という昭和十年代の厳しい状況や、中島の病気の悪化などが影響していよう。「狼疾」は重いものだが、中島を取り巻く状況はより深刻になっていく。女性や「狼疾」はそれらに押されて、作品からは消えていく。

身辺を描いた「無題」・「断片十七」の創作は作家修業のためだが、膨らませることも発表もできないものを書くのは、ある面では不毛の作業に近い。中島は身辺から目を転じて、新しいものを書かなければならない。そこで彼の前に現れたのが前述したように、スティブンソンや悟浄たちであった。中島の前には、古典（歴史）の豊かだが、厳しい世界が拡がるのである。

注

（1）中島が周囲の人々に信頼されている一例として、同僚だった岩田一男氏から結婚について相談され、打開策を伝えている中島の書簡がある。（岩田一男宛　昭和十三年五月十一日）

（2）「断片十八」は初期構想のもので、同じような素材が集められ、「断片十七」程度のものになり、もっと量を増せば「無題」レベルのものに、そしてより物語化していけば「過去帳」レベルのものとなったのかもしれない。

（3）引用文中の［　］は、本文の併記を示す。

（4）この時に、彼のアドバイスがあったとしても、「断片十八」中の吉川の言う、「直グニイフコトガデキルノハ、親戚ノ中デ口ヲキケルヤウナ伯父サンニデモ頼ンデ、双方ノ歩ミヨリヲ求メルヤウニデモスルコト、位ナモノ、アトハ概念的ナ（元気ヲヲトスナ、ヤケニナルナ、トカ）」程度であり、翌々日の四月十日も、「とにかく二三年待つて貰ふ外に途なきに非ずや」程度のアドバイスではなかったろうか。

また、横浜高等女学校同僚の山口比男氏に、昭和十二年春の謝恩会での中島の発言について、次のような回想がある。

ところが、続いて立った中島敦の言葉は、「恋愛は確かに大切なことだが、恋愛から結婚への道すじは思慮深くあらねばならない。結婚に当っては信頼すべき両親やその他の年長の者に相談するのがよろしい」というものであった。

山口比男『汐汲坂——中島敦との六年——』（えつ出版　平成五年五月）

中島は自分の結婚時の苦労（体験）をも考えて、発言しているのだろう。

（5）横浜にあった喫茶店。当時、中島も利用していた。

（6）「断片十七」のページ数を示す。

（7）この点については、中島自身にも似たような感想がある。

女学生というものには、閉口させられるよ。学校で会っているときは、全く子どもなのだよ。ところがだよ、日曜日などには、和服を着て訪ねて来たりするときは、全く別人になったようだ。完全に、若い女として、立ち現れる。こっちが固くなっちまう。そして今度は、また、学校で、たとえば海水浴などに連れて行くと、その一人前の女が、たちまち変じて子どもになる。海の中で、先生！などと声をはりあげて抱きついて来たりする。やれやれと思うよ。

釘本久春「敦のこと」（『中島敦全集　別巻』筑摩書房　平成十四年五月）

（8）この2ページ（9・10ページ）については、9ページの末尾の一文——「とにかく、どんなに」——と、その後がうまく接続していない。恐らく、10ページ冒頭のYの「問題はない、といふ意味はだね。」というセリフは、（2ページ前の）7ページの結婚相手の学歴に対しての、Tの「問題はないでせうか。」という質問を受けてのものだろう。

（9）例えば、昭和十二年一月の手帳の記事に、次のような文章がある。「喜久ヤデ、吉村・岩田氏ト話ス／吉村氏ノ純粋サハ当世エガタキモノナリ。」このような出来事が「断片十五」を経て、「無題」中の一場面に使われたのではと想像される。

（10）「没利害・純粋さ」は既に「斗南先生」にも見られるが、「わが西遊記」の悟空や三蔵法師、「弟子」の子路や「李陵」の蘇武たちに、より重要なものとして描かれる。

（11）このようなセリフは、「悟浄歎異」中の悟空への悟浄の心情や、「弟子」中の孔子への子路のものを想起させる。

（12）ただし、観音菩薩や三蔵法師にはたくましい男性というイメージよりは、女性的なイメージがある。対して、南洋行後の孔子像には、男性や指導者のイメージが強い。

初出論文

中島敦・習作「下田の女」論　（『安田文芸論叢』平成13年12月）

中島敦・習作「ある生活」論　（「安田女子大学紀要」29号　平成13年2月）

中島敦・習作「喧嘩」論　（「国語国文論集」32号　平成14年1月）

中島敦・習作「蕨・竹・老人」論　（「国語国文論集」31号　平成13年1月）

中島敦「巡査の居る風景――一九二三年の一つのスケッチ――」論　（「安田女子大学紀要」30号　平成14年2月）

中島敦「D市七月叙景㈠」論　（「安田女子大学紀要」34号　平成18年2月）

中島敦の谷崎文学受容について⑴――「谷崎潤一郎論」から「弟子」の場合――　（「安田女子大学紀要」24号　平成8年2月）

中島敦論ノート（一）――昭和十年前後の中島――　（「国語国文論集」18号　昭和63年6月）

「斗南先生」論　（「安田女子大学紀要」35号　平成19年2月）

中島敦「虎狩」論　（「国語国文論集」33号　平成15年1月）

中島敦「プウルの傍で」論　（「近代文学試論」39号　平成13年12月）

中島敦と「過去帳」　（「国語国文論集」39号　平成23年1月）

中島敦の作品に描かれた「女性」たち（2）――「断片十七」を中心に――　（「安田女子大学紀要」32号　平成16年2月）

※　ただし、初出論文に多くの改訂を加え、該当の章は論述している。

あとがき

本書は初出一覧に示しているように、過去の既発表の論文に手を加えまとめたものである。平成十年に出版した『中島敦研究』の続編にあたる。ただ時間的に言えば、中島が作家になるまでの、習作以降の作品を考察したものである。

中島敦を研究し始めて、三十年以上経過した。論そのものの乏しさを痛感しているが、一つのまとめとしたいと思う。多くの研究者の方々のご教示が、研究の指針となった。

出版に際して、勤務先の安田女子大学から出版助成を受けることができた。記して感謝したい。また、溪水社の木村逸司氏と西岡真奈美氏のお世話になった。お礼申し上げる。

平成二十六年十一月

藤村　猛

著　者

藤村　猛（ふじむら　たけし）

昭和31年　山口県に生まれる
　　55年　広島大学文学部卒業
　　57年　広島大学大学院国文学専攻修了
　　59年　安田女子大学文学部講師
平成３年　同助教授
　　13年　同教授

中島敦論
——習作から「過去帳」まで——

平成27年２月10日　発　行

著　者　藤村　猛
発行所　株式会社　溪水社
広島市中区小町１－４（〒730-0041）
電　話（082）246－7909
ＦＡＸ（082）246－7876
E-mail: info@keisui.co.jp

ISBN978-4-86327-280-4　C3095